无厘头男孩

【美】贝芙莉·克莱瑞 著
蔡琳 译

Henry Huggins

晨光出版社

图书在版编目（CIP）数据

无厘头男孩 /（美）贝芙莉·克莱瑞著；蔡琳译
. —— 昆明：晨光出版社，2024.1
（国际文学大师书系）
ISBN 978-7-5715-2094-6

Ⅰ.①无… Ⅱ.①贝… ②蔡… Ⅲ.①儿童小说 – 中篇小说 – 美国 – 现代 Ⅳ.①I712.84

中国国家版本馆CIP数据核字(2023)第202815号

HENRY HUGGINS by Beverly Cleary
Introduction copyright © 2000 by Beverly Cleary
Copyright © 1950, renewed 1978 by Beverly Cleary
Simplified Chinese translation copyright © 2024
by Aurora Publishing House
Published by arrangement with HarperCollins Children's Books, a division of HarperCollins Publishers through Bardon-Chinese Media Agency
ALL RIGHTS RESERVED

著作权合同登记号：图字：23-2019-105号

无厘头
WULITOU NANHAI
男孩

【美】贝芙莉·克莱瑞 著
蔡琳 译

出版人	杨旭恒			
策　划	黄楠 萌莹	排　版	云南安书文化传播有限公司
责任编辑	侯夏莹	印　装	昆明业成印务有限公司
装帧设计	唐剑 陈蒙	经　销	各地新华书店
责任校对	杨小彤	版　次	2024年1月第1版
责任印制	廖颖坤	印　次	2024年1月第1次印刷
出版发行	晨光出版社	书　号	ISBN 978-7-5715-2094-6
地　址	昆明市环城西路609号新闻出版大楼	开　本	145mm×210mm 32开
邮　编	650034	印　张	5.5
电　话	0871-64186745（发行部）	字　数	80千
	0871-64186270（发行部）	定　价	29.00元

晨光图书专营店 ● http://cgts.tmall.com

写给读者的信

亲爱的读者:

你太幸运了！你即将要阅读的是贝芙莉·克莱瑞出版的第一本书。这本书我看过无数遍，刚刚又看了一遍。好吧，"无数遍"有点夸张了。但是，亨利·哈金斯和他如何得到一只名叫小排骨的狗，这是最棒的故事。事实上，贝芙莉·克莱瑞是最棒的作者，这个我一点儿都没有夸张。没有其他人可以做到像她一样。我刚开始写作时，她的作品就是我的灵感来源。那时我常去公共图书馆借一大堆书回家。看书时，我会把书分成不同的几堆。有些书太乏味了，我可不想写乏味的书，被放在"乏味书堆"；有些书相当不错，被放在"好书堆"。借到的书里也有贝芙莉·克莱瑞写的书，但是我从没把它们放进任何一"堆"里，因为我会一遍又一遍地看她的书。她的书让我开怀大笑，有一次我笑得太猛竟从沙发上摔了下来。我也想创作出这样的书，书中的人物跟我认识的人一样真实，更打动我的是时而轻缓、时而令人捧腹大笑的幽默。这些幽默并不以牺牲人物为代价，而是脱胎于人物的处境。

你看《无厘头男孩》这本书的时候就会明白我的意思了。贝芙莉·克莱瑞写的人物可能或粗鲁或愚蠢，但他们会自己想办法解决问题。这本书的主人公亨利就很有主意。如果遇到问题怎么办？想办法解决。至少亨利会去尝试。如果尝试过程中又遇到新的麻烦，他也很擅长摆脱这些麻烦。

我多希望我小的时候就有贝芙莉·克莱瑞的书可以读，但《无厘头男孩》第一次出版时我已十二岁，觉得自己不再适合读童书了。我真是大错特错呀！很庆幸，我在刚开始写作时读到了这些书。

我女儿上二年级时，需要在医院做一项令她害怕的检查，全程要好几个小时。作为安慰，她带着最喜欢的毛绒玩具——一只软萌的粉色小狗，和贝芙莉·克莱瑞的书。我读给她听，她也读给我听。我们两个都很放松，也能哈哈大笑。好书就是这样，能够帮你忘掉烦恼。

我女儿长大了，有了自己的儿子，也就是我的第一个外孙，他也中了贝芙莉·克莱瑞的魔咒。不认字之前，他就听有声书，记住了雷梦拉的故事。后来，他可以自己阅读了，读到了亨利、比苏斯、雷梦拉这一群克利基塔特街小伙伴们的故事。

没有其他人能像贝芙莉·克莱瑞那样会讲故事。贝芙莉曾说，在成为作家之前，她当了很久说故事的人。我懂，我也有同感。她让一切看起来都如此简单，这就是她作品的魔力所在。她能够捕捉到童年的本质。我们可能没有跟故事人物一样的童年，也可能没有像亨利·哈金斯爸妈一样的父母，或者没有像小排骨一样的狗，但是，贝芙莉故事中的某些东西就是能让全世界的孩子们都喜爱。

所以，你准备好了吗？在读《无厘头男孩》和贝芙莉·克莱瑞其他书的过程中，你会收获快乐，还会认识很多新朋友。还有一件事，克莱瑞，谢谢你写的所有书！谢谢你成为我的灵感之源。

爱你的，
朱迪·布鲁姆[①]

[①] 朱迪·布鲁姆，美国知名青少年小说作家，自20世纪70年代首发作品，获奖无数，曾获得美国国会图书馆颁发的"活着的传奇奖"。她的作品已被译成32种语言文字，畅销全球八千多万册。

序言

  在和我的小读者们一样大的时候，我读书总是跳过序言，因为等不及要进入故事，好读个痛快。读完以后，如果喜欢那个故事，我就会回过头去，读一读在开始就该读的序言部分。如果我不喜欢那个故事，它的序言也自然弃之不读了，因为不管作者要在里面说什么，我都不感兴趣了。而现在的我，却在给这本书写序言。这本书是我第一次正儿八经尝试创作的产物，那些在学校里写的作文自然不算在内。小读者们若不想读，就跳过去吧。不过，若现在不读，我还是希望你们在看完故事之后，能回头来看看这个序言。

关于这本书，我能告诉你们什么呢？首先，回想写这本书的时候，我自己都没想到能把它写完。虽然我很小的时候就梦想能写些东西，但苦于想法混沌不清，自然不知该从何写起。我想过写一个小姑娘的故事，毕竟我自己也曾经是个小姑娘，作家不就是应该写自己了解的事情嘛。

时光荏苒，一晃我就三十出头了。少时的写作梦已经做了很长时间，动笔的那一天终于到了。我曾于繁忙的冬季在书店工作，我的任务就是推销一本和小狗有关的故事书。那只小狗会说话："汪汪，我喜欢绿草。"我想，哪有小狗会这么说话，反正我自己从没见过。我知道我有能力写一本更精彩的故事书。

　　我坐在一张旧餐桌前，餐桌放在一个空空荡荡的房间里。这个房间原本是一个卧室。我一直坐着，坐着，想构思一个小姑娘的故事，却又想不出只言片语。我看着鸟儿在桉树上叽叽喳喳地歌唱，我把猫从笼子里放出来，又把它关进去。我胡乱地写了几行和一个小姑娘有关的句子，简直痛苦极了。后来我想明白了，连自己都读不下去的故事，别人又怎么会爱读呢？似乎在整个孩提时代，我要么在读图书馆里借来的书，要么就在织擦拭杯盘用的抹布。我是不是已经忘了该如何写故事了？未必！我坐着想啊想，突然想到了一群来给我帮忙的小男孩。那个时候我还是一个儿童图书馆的管理员，图书馆在华盛顿州的亚基马县。这些不爱读书的小男孩活泼好动，他们是附近圣约瑟夫学校的老师派来帮忙的，任务是找一些他们喜欢的书。他们两两一组排着队，镇定地齐步走进图书馆，一直走到通向地下儿童阅览室的楼梯口，随即队形大乱，跳叫嬉闹起来。我的任务就是找些他们可能爱看的书，而他们则要回去读这些书，第二个星期回来向我汇报读书心得。

事后证明，这件事比我想象的困难得多。图书馆书架上的书，他们爱读的极少。终于，其中一个孩子憋不住了，他问道："我们小朋友爱看的书在哪儿呢？"其他孩子听了之后也频频点头表示认同。是啊，孩子们爱读的书到底在哪儿呢？事实是，一本都没有。我使出浑身解数，找到了几本和狗有关的故事书。如果故事里的狗没在最后死掉的话，他们才会觉得这故事还凑合。对了，我还找到几本和熊有关的书。

认识这帮男孩十年之后，我坐下来开始打字。那时我创作欲正盛，梦想着有一天能当个作家。我脑袋里琢磨着那帮男孩，还加上所有我认识的男孩，他们来自普通家庭，通常住在老旧的街区，屋前有草坪，还有两旁种满树木的街道。这些男孩没有经历过惊心动魄的冒险，但并不妨碍他们寻找属于自己的乐趣。

　　灵感来了。我不去构思什么女孩的故事了，就写一个男孩的故事吧。这个男孩的名字就叫亨利·哈金斯，一个萦绕在我脑海里很久的名字。亨利会有一只狗，那种在城里随处可见的土狗。这是因为，我们读过的故事里的狗，一般都是那种在乡间生活的名贵狗。我的创作灵感源自一个真实的故事。一位处于两难境地的母亲向我描述了一个让她颇感苦恼的事情，她的两个孩子想要坐有轨电车时把一只流浪狗带回家。我随后就体会到了根据自己的喜好对真实故事进行改编的乐趣，两个孩子变成一个孩子，有轨电车变成公共汽车……我还发现，我不知道如何"写"故事，但我知道如何"讲"故事。我想象着我在给以前亚基马县的小听众们讲故事,边讲边写下来。我认为,要为小读者们创作,归根到底就是把一个精彩的故事给讲出来。

怀着愉快的心情,我把写好的一个小故事寄给了一位出版商。据说这位出版商非常喜欢简单易读的东西。书稿虽已寄出,但我发现亨利仍然在我脑海里挥之不去。我的大脑就像一个装满了各种想法的垃圾袋。这些想法是从一堆各式各样的想法里挑出来的,有的是自己的回忆,有的是从他人那里听说的趣事,有的是报纸文章里的故事,还有的是无意间听到的一段对话,总之是我周围世界里发生的事情。如此种种,一切的一切,全都在拨动我想象的琴弦。

寄出的书稿很快就寄回来了。让我没想到的是,一同寄回的还有一封信。那封信鼓励我继续往下写,把故事寄给杂志社,最后把它们组织成一个篇幅完整的小说。说得对啊！看来我比自己想得更出色啊，可我对杂志并无兴趣。因此我静下心来，以一周写一章的速度，一连写了五个关于亨利的故事。这一次我是用纯手写的方式完成的，因为我不喜欢用打字的方式，这个习惯到现在依然如故。写着写着我竟然把一个男孩的故事写完了，除了最后一章还有不满意之处，故事情节都已完成。对此我自己也颇感意外。接下来我加班加点，敲出文稿，并把书稿邮寄给了少儿出版社，因为在书店工作的人都知道，编辑伊丽莎白·汉密尔顿在业界颇具声望，她以眼光独到著称。

这一次我非常急切地盼望着回信，连邮递员都好奇地问我，到底在等什么。每次询问邮递员，他都摇头表示没有我的信。直到六个星期之后，他终于绕过我的邮箱，手里挥舞着一个信封直奔我的家门而来。有我的信！我的稿件没有被退回，是编辑给我写的回信。

伊丽莎白·汉密尔顿在信里说他们对我的书稿很感兴趣,问我能否考虑对最后一章做些修改。我当然愿意喽。事后证明,所做的修改也很微不足道。即便是最后一章,在听取了伊丽莎白专业的建议之后,所有问题也都很快解决了。待我将书稿寄回之后,伊丽莎白回信告诉我,书稿已被接受,并说亨利的故事将会成为那个秋季最令人期待的图书。以此信为起点,我的很多书稿后来都顺利出版了,我也成为——用小读者们在那之后五十年里最常用的词来说——一个真正长盛不衰的作家。

贝芙莉·克莱瑞

目录

第一章　亨利和小排骨　001

第二章　一屋子的孔雀鱼　026

第三章　亨利和大蚯蚓　052

第四章　"灵鸟牌"雪橇　077

第五章　淡粉色的狗　106

第六章　谁捡到的归谁　136

第一章
亨利和小排骨

  亨利·哈金斯上小学三年级了。他的头发像硬毛刷一样,他前排大部分的恒牙都已长出。亨利跟爸爸妈妈住在克利基塔特街一座方方正正的白房子里。除了六岁时切除扁桃体、七岁时爬樱桃树摔断胳膊之外,亨利并未经历过太多事情。

  亨利常常想,真希望能遇到点来劲的事情。

  但是,很有意思的事儿一直都没找上亨利。至少,在三月份一个星期三的下午之前是如此。每周

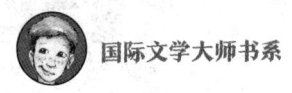
国际文学大师书系

三下午放学后,亨利都会乘坐公共汽车去游泳,游一个小时后再坐公共汽车回家,刚好赶上吃晚饭。游泳还算有趣,但不够来劲。

　　这个特别的星期三,亨利离开游泳馆后,在路上停下来看一个人扯下一张马戏团的海报。然后,他摸着口袋里三个五分钱硬币和一个一角钱硬币,去拐角的杂货店买了一个巧克力冰激凌甜筒。亨利心想,他可以吃着冰激凌,踏上公共汽车,再把他的一角钱硬币投进投币箱,就坐车回家喽。

　　然而,故事并未这样发展。

　　亨利花了一个五分钱硬币,买了冰激凌甜筒。他正想走出杂货店,看到了一旁放着的笑话书,便停下来读了读。只是随便读读,因为他兜里只剩两个五分钱硬币可以用了。

　　亨利站在那里,边舔巧克力冰激凌甜筒边看笑话书。这时,他听到"唰!唰!唰!"的声音。他扭头一看,身后有只狗正自己挠痒痒呢。它毫无特别之处,没有大狗那么大,也没有小狗那么小。它

不是白色的，有些毛是棕色的，有些是黑色的，中间还夹杂着淡黄色的斑点。它的耳朵竖着，尾巴又细又长。

这狗一定是饿了。亨利舔一下冰激凌，它也舔一下嘴；亨利咽一口冰激凌，它也咽一口口水。

"你好啊，老伙计，"亨利说，"你不能吃我的冰激凌甜筒。"

狗的尾巴摇来摇去，它那棕色的眼睛像是在说"就一口嘛"。

"走开。"亨利命令道，但并不是很坚决，他轻轻拍了拍狗的头。

狗尾巴摇得更起劲了。亨利舔了最后一口冰激凌。"哎，好吧，"亨利说，"你要是这么饿，那就吃吧。"

冰激凌甜筒就被狗一口吞进去不见踪影了。

"好了，走开吧，"亨利跟狗说，"我要去赶公共汽车回家了。"

亨利朝杂货店门口走去，狗也跟着他走。

"走开,你这只皮包骨的老家伙。"亨利很小声地说,"回家去吧。"

狗坐在亨利脚边。亨利看着狗,狗也看着亨利。

"我觉得你没有家吧。你太瘦了,肋骨都根根分明啦。"

嗖,嗖,嗖,狗狗用尾巴回答亨利。

"而且,你没有项圈。"亨利说。

亨利开始想,要是他能养这只狗该多好呀!他一直都想养一只属于自己的狗,这会儿刚好找到一只想跟着他的狗。让一只饥饿的狗狗留在街角,自己回家去,亨利做不到。要是能知道爸爸妈妈对这件事的态度就好办啦!亨利用手指在口袋里拨弄着那两个五分钱硬币。对了!可以用一个五分钱硬币给妈妈打个电话。

"快来,小排骨。快来,小排骨,老伙计。你这么瘦,以后我就叫你小排骨啦。"

狗一路小跑,跟着亨利来到杂货店拐角处的公

用电话亭。亨利把小排骨推进去,然后关上电话亭的门。亨利以前从来没用过付费电话。他不得不把厚厚的电话号码本放在地板上,自己站到上面,踮起脚尖才能勉强够到电话听筒。他告诉电话接线员要拨的电话号码,然后把五分钱硬币塞进投币口。

"喂——是妈妈吗?"

"亨利!怎么是你!"妈妈惊讶地说,"你在哪儿呀?"

"在我游泳附近的杂货店。"

小排骨开始挠痒痒。唰!唰!唰!这声音在狭小的电话亭里显得很响亮,还带着回声。

"天呀,亨利,那是什么声音?"妈妈问道。小排骨呜咽了一下,然后开始嚎叫。"亨利!"哈金斯太太喊道,"你还好吗?"

"我很好!"亨利大声回答。他从来都没弄明白,为什么什么事都没发生的时候,妈妈总觉得发生了不好的事情。"那是小排骨。"

"小排骨?"妈妈恼怒道,"亨利,请你告诉

我到底是怎么回事!"

"我正要说呢。"亨利说。小排骨的嚎叫声更大了。人们围在电话亭周围,都想知道发生了什么事情。"妈妈,我发现了一只狗。我确定我想养这只狗。它很乖,我会喂它吃的,给它洗澡,做照顾它的所有事。求你了,妈妈。"

"亲爱的,我决定不了,"妈妈说,"你得去征求你爸爸的同意。"

"妈妈!"亨利哭着说,"你总这样说!"亨利厌烦地踮着脚尖,感觉电话亭里越来越热。"妈妈,请你答应我吧,我保证这辈子都不再要其他东西了!"

"唉,好吧,亨利。我觉得你也不是不能养狗。但是你只能带它坐公共汽车回来,你爸爸今天把车开走了,我不能去接你们。你自己能行吗?"

"没问题!这个简单!"

"还有,亨利,不要回来得太晚,这天看起来可能要下雨。"

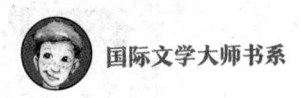

"好的,妈妈。"唰!唰!唰!

"亨利,那是什么声音呀?"

"是我的狗,小排骨,它在抓跳蚤呢。"

"噢,亨利,"哈金斯太太抱怨道,"你就不能找个身上没跳蚤的狗嘛。"

亨利觉得现在正是挂电话的好时机。"快来,小排骨,"他说,"我们去坐公共汽车回家。"

当绿色的公共汽车停在杂货店前面时,亨利抱起他的狗。小排骨比他想的还要重。亨利艰难地把小排骨抱上公共汽车,心里想着怎么把一角钱硬币从口袋里掏出来。这时公共汽车司机说话了:"我说,小孩儿,不能把狗带上公共汽车。"

"为什么呀?"亨利问道。

"公司规定的,小孩儿。公共汽车上禁止带狗。"

"天哪!先生!那我要怎么做才能把狗带回家呀?我必须得把它带回去。"

"抱歉了,小孩儿。规矩不是我定的。未装入

箱子的动物严禁带上公共汽车。"

"好吧，谢谢您啦。"亨利将信将疑地抱起小排骨，下了公共汽车。

"嗯，我觉得我们得去找个箱子。我一定会想办法把你带上下一辆公共汽车的。"亨利保证道。

亨利又走回杂货店里，小排骨紧紧跟着他。"请问能给我一个大箱子吗？"亨利向牙膏柜台的售货员问道，"我需要一个大的箱子，能把我的狗装进去。"

店员斜靠在柜台上，看了一眼小排骨。"纸箱可以吗？"店员问道。

"可以，可以。"亨利说。他期盼着这个店员动作能快一些，因为他可不想太晚回家。

店员从柜台下面拖出一个箱子："我只有这个装生发剂的箱子了，我觉得足够大了。但是我想不明白，为什么会有人想要把狗装进纸箱呢？"

这个箱子大约六十厘米见方，十五厘米深，一面印着"别让人叫你秃头"，另一面印着"大包装

国际文学大师书系

更划算"。

亨利谢过店员,抬着箱子走出杂货店来到车站,他把箱子放在人行道上。小排骨轻快地跟在后面。"伙计,进去!"亨利命令道。小排骨听明白了,走进箱子里坐下,刚好公共汽车转过拐角开过来了。亨利跪着才把箱子抬起来。箱子不是很牢固,亨利还得用胳膊撑在箱子下。亨利摇摇晃晃地抬着箱子,就像马戏团里举重的大力士一样。小排骨亲昵地用湿漉漉的粉色舌头舔了舔亨利的脸。

"嘿,不要舔!"亨利命令道,"你要是想跟我一起坐公共汽车,就最好乖一点儿。"

公共汽车在路边停下了。轮到亨利上车时,亨利踩不到公共汽车的踏板,因为他看不见自己的脚。试了好多次,他终于踩到踏板登上了汽车。这时,亨利发现自己忘了把一角钱硬币从口袋里掏出来,但他又不敢把箱子放下来掏钱,万一小排骨趁机跑掉呢。

亨利侧身对着公共汽车司机,礼貌地问:"能

不能麻烦您帮我把口袋里的一角钱硬币拿出来呢?我没有空的手了。"

司机把帽子推回头上戴好,吼道:"没空!车上才是没空呢。你想把那只狗往哪儿带啊?"

"我想把它带回家。"亨利怯怯地小声说道。

乘客们都盯着看呢,看到这一幕很多人都笑了起来。亨利觉得手里的箱子越变越沉了。

"不能把狗带上这辆车,绝对不行!"司机说道。

"但是上一辆车的司机叔叔说可以的,只要我把狗装进箱子里就行。"亨利想争取快一点儿上车,他怕自己撑不住了,狗从箱子里掉出来,"那个叔叔说,公司规定就是这样的。"

"他说的是那种捆好的大箱子。要是担心狗在里头喘不上来气,可以在箱子上戳几个洞。"

亨利现在最怕的就是小排骨叫唤了。"闭嘴,别叫了!"他对小排骨命令道。

小排骨开始用左后腿挠它的左耳。箱子要散架了。小排骨从箱子里蹦出来,跳下了公共汽车,亨利紧随其后也跳下车去。随着尾部喷出一股黑烟,公共汽车轰隆一声开走了。

"瞧瞧你干的好事!都是因为你,全搞砸

了。"小排骨耷拉着脑袋,夹着尾巴,一声不吭。

"如果不能把你弄回家,我还怎么养你?"亨利在路边坐下来,陷入沉思。天色已晚,乌云也越压越低,他不想再浪费时间去找什么大箱子了。妈妈肯定已经开始担心了。

在街角等下一辆公共汽车的人越来越多。亨利注意到一位老妇人,她手里拎着一个很大的购物袋,里面装满了苹果。这个购物袋倒是提醒了亨利。有主意了!亨利一骨碌从地上站起来,对着小排骨打了一个响指,然后一溜烟跑回之前的杂货店。

"又回来了?"牙膏柜台的售货员问道,"这次想要什么?是不是要绳子和纸,把你的狗包好捆起来?"

"不是的,先生,"亨利说,"我要那种超大的购物纸袋。"说完他把最后一枚五分钱硬币放到柜台上。

"瞧,我真是多嘴。"售货员说完就隔着柜台

国际文学大师书系

把一个纸袋递给亨利。

亨利打开纸袋,然后把它撑开立在地上。他抱起小排骨,先把它的后腿塞进纸袋,然后再把前腿也塞进去。可问题是,小排骨的整个身子还露在外面呢。

售货员身子靠着柜台看着亨利。"我觉得我还需要一些绳子和纸,"亨利说道,"如果您能免费给我的话就最好了。"

"得!我算是看明白了。"售货员摇了摇头,隔着柜台又把一根绳子和一大张纸递给亨利。

小排骨开始低吼起来,像是在抱怨一样。不过它好好站着,而亨利则用纸轻轻裹住它的头和肩膀,然后用绳子随便捆了捆。狗狗现在成了一个凹凸不平的粗笨包裹。不过还好,亨利两只手分别提着纸袋两侧的提手,还能勉强把它拎到公共汽车站。天色越来越暗,候车的人也越来越多,很多人手里都大包小包地拿着东西。他觉得公共汽车司机应该不会注意到自己。已经开始下雨了,雨水滴滴

答答地落到了人行道上。

亨利这一次提前想到了自己的一角钱硬币。他的两只手被占得满满的,只能用牙齿咬住硬币。他站到那位提着苹果的女士身后。小排骨在纸袋子里扭来扭去,嘴里直哼哼。亨利不得不一直隔着袋子安慰它。公共汽车到站了,亨利跟着那位女士爬上车。他快速地把袋子放下,把一角钱硬币放进投币箱,然后又迅速提起袋子,艰难地挤过人群来到车尾,坐到了一位胖胖的男士身边。

"呼!"亨利长长地舒了口气。司机还是他在第一辆公共汽车上遇到的那位!不过总算是把小排骨带上车了。现在要做的就是让它安静十五分钟,十五分钟以后他们就能到家了,小排骨就是自己的宠物了,可得好好地养它。

公共汽车在下一站停了下来。亨利看见了斯库特·麦卡锡。斯库特和亨利同校,今年上五年级。只见斯库特上了车,挤过人群,来到了车尾。

瞧我这运气,亨利心想。不用说,这家伙肯定

国际文学大师书系

要问我袋子里装的是什么。

"嗨!"斯库特打了个招呼。

"嗨!"亨利也打了个招呼。

"你那袋子里装的是什么?"斯库特问道。

"不关你的事。"亨利回答道。

斯库特看着亨利,亨利也看着斯库特。

啪,啪,啪。袋子里传出一阵声响。亨利用膝盖紧紧夹住纸袋。

"袋子里有东西,是活的!"斯库特大叫起来,那口气就像是抓到坏人一样。

"给我闭嘴,斯库特!"亨利压低声音说道。

"你才给我闭嘴,别想糊弄我!"斯库特回了一句,"那袋子里有个活物!"

这下好了,车尾的乘客们开始盯着亨利和他的袋子。啪,啪,啪。亨利隔着袋子拍了拍小排骨,想让它安静一会儿。这一次,袋子里传出来的声音更大了,小排骨在里面扭了起来。

"我说小朋友,快告诉我们吧,袋子里到底是

什么？"那位胖胖的男士开始劝亨利。

"没……没……没什么，"亨利结结巴巴地说，"就是我找到的一个东西，没什么。"

"也许是只兔子，"一个乘客猜测道，"瞧，它在里面踢呢。"

"不是吧，这东西比兔子大多了！"另一个乘客说。

"肯定是个婴儿！"斯库特说，"你绑架了一个婴儿，我敢打赌！"

"才不是呢！"

啪，啪，啪。嘭，嘭，嘭。小排骨开始挠袋子，它想出来。

紧接着，小排骨开始低吼，之后干脆扯着嗓子叫开了。

"真见鬼！"那位胖胖的男士叫了一声，然后又大笑起来，"真是见鬼了！"

"是只又老又瘦的破狗！"斯库特说。

"才不是呢！我的狗好着呢。"

国际文学大师书系

亨利想用膝盖夹住小排骨,让它安静下来。这时,公共汽车转了个急弯,开始爬坡。亨利的身子突然一歪,靠到了那位胖胖的男士身上。小排骨受到了惊吓,挣脱了亨利。它开始一路狂奔,在乘客脚下窜来窜去,直奔公共汽车的前面去了。

"快回来,小排骨!乖狗狗,到这儿来!"亨利一边喊,一边跟着跑了过去。

"呀!哪来的狗!"那位提着一袋苹果的女士尖叫道,"快走开,走开!"

小排骨被吓得不轻。它想跑开,却撞上了那位女士。她一个趔趄,手一松,袋子里面的苹果撒了出来。车子正在费劲地爬着陡坡,苹果骨碌碌地滚到了车后面。站着的乘客们脚下全是苹果,滚来滚去。

乘客们滑的滑,倒的倒,乱成一锅粥。他们手上的东西都掉了,只能伸手互相拽着才能保持平衡。

哐当!一个高中女生手里的一大摞书砸在了地上。

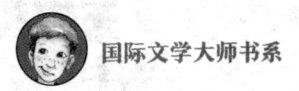

嘎吱！砰！哗啦！一位女士手里的大纸袋子也掉了。纸袋子破了，里面的锅碗瓢盆滚了一地。

砰！一位男士手里拿着的一捆橡胶软管掉了，就是花园里浇花用的那种管子。管子散开来，缠住了乘客们的脚。

人们根本站不稳，有的一屁股坐到地板上，有的坐到书上，有的坐到苹果上，还有的坐到了别人的腿上。有的头上的帽子盖住了脸，四脚朝天躺在了地板上。

吱！司机一脚刹车把车停了下来。他坐在驾驶座上转过头来想看看究竟出了什么事，正好看到亨利闪转腾挪，跨过地上的苹果、书本和管子，正要伸手抓小排骨呢。

司机把帽子往额头上推了推，对亨利说道："小孩儿，瞧我说什么来着？现在你知道为什么不能把狗带上车了吧？"

"我知道了，先生。"亨利怯生生地说，"实在对不起。"

"对不起就完了？对不起有用吗？瞧瞧这辆车都成什么样了？瞧瞧车上的人！"

"我不是故意要惹麻烦的，"亨利解释道，"妈妈告诉我说，如果我能坐公共汽车把狗带回去，就能养它了。"

听了这番话，那位胖胖的男士窃笑起来，随后咯咯地笑出了声，最后忍不住哈哈大笑。他笑得眼泪都出来了，其他乘客也都忍不住笑开了怀，连掉了管子的那位男士和掉了苹果的那位女士也都笑了。

可司机没笑。"带着你的狗，快给我下车去！"他命令道。像受了委屈似的，小排骨呜咽几声，夹起了尾巴。

胖胖的男士终于止住了笑，对司机说："司机师傅，我觉得你不能把这个孩子和他的狗赶下车，外面还下着雨呢。"

"这个我不管，反正他不能待在车里。"司机厉声说道。

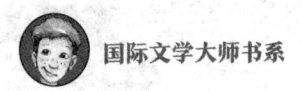

亨利蒙了，他不知道该怎么办，看来得一路走回家了。可天这么黑，自己也不确定认不认得回家的路。

就在这时，传来一阵警车的警笛声。声音由远到近，越来越响，最后大家才看清楚，确实是一辆警车停到了公共汽车旁边。

一位警察出现在公共汽车的前门。"有一个叫亨利·哈金斯的男孩在这辆车上吗？"他问道。

"哈哈，看吧，你把狗带上车，你要被警察抓走了！"斯库特幸灾乐祸地说，"我敢打赌，你要进监狱了！"

"我就是。"亨利小声地回答道。

"我就是亨利·哈金斯，你得把句子说完整！"拿苹果的那位女士纠正道。她曾是个老师，总爱纠正孩子们的错误。

"你得跟我们走一趟。"警察说。

"哈哈，看吧，你准逃不了了！"斯库特说。

"应该说，你肯定逃不了了。""苹果女士"

又纠正道。

亨利和小排骨跟着警察下了公共汽车,坐到警车里。亨利和小排骨坐的是后排。

"你会抓我吗?"亨利怯生生地问。

"这个嘛,我说不好。你觉得呢,你该不该被抓?"

"我觉得我没做错什么,不该被抓,警察叔叔。"亨利礼貌地说。他觉得警察叔叔在跟他开玩笑,不过他也不确定。大人在想什么,有时候真是猜不透。"我不是故意要惹麻烦的,我只是想带小排骨回家。妈妈说,如果我能坐公共汽车把它带回去,我就能养它了。"

"这事儿你怎么看?"警察问他的搭档,他的搭档正在开车。

"依我看,这次就放过他吧,"搭档回答说,"他妈妈肯定很担心他,不然也不会打电话报警。她肯定不想让自己的儿子去坐牢。"

"没错。这会儿也该吃饭了,已经很晚了。得

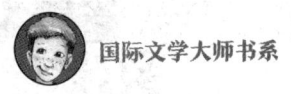

赶快把他送回去才是。"

　　搭档按下一个按钮,警铃响了起来。小排骨扬起头开始嚎叫。警车的轮胎碾过人行道边的积水,哗啦,哗啦;挡风玻璃上的雨刮飞快地刮着雨水,滋啦,滋啦。亨利觉得很过瘾。这肯定要告诉学校里的同学们啊!警车越开越快,路上的汽车都闪到了一边,连亨利之前坐的公共汽车都停下来让路。亨利朝车上的乘客们挥挥手,乘客们也朝他挥挥

手。警车加速爬上小坡，拐了个弯来到克利基塔特街，接着向前开了一段就来到亨利住的街区。最后警车停到了他家门口。

亨利的妈妈和爸爸正站在门廊上等着他呢。邻居们也都好奇地打开窗户看着他们。

等警察开车走后，爸爸说："好啦！你终于回来了。这就是小排骨吧！亨利已经跟我们介绍过你了，老伙计。我们给你准备了一大块肉骨头。还得给你好好洗个澡，用爽身粉除一除你身上的跳蚤呢。"

"亨利，妈妈真怕你再惹什么麻烦。"妈妈叹了口气说道。

"天哪，妈妈，不能怪我，我可什么都没做。我只是照你说的，坐公共汽车把它给带回来而已。"

小排骨坐了下来，伸出爪子开始挠痒痒。

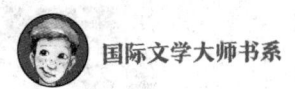

第二章
一屋子的孔雀鱼

每天下午放学以后,小排骨都会在校园角落里的一棵杉树下等着亨利。周一到周四他们都会抄近道回家,也就是走经过公园、翻过小山,最后穿过空地的那条路。

而每个周五的下午他们都会故意绕远路回家,也就是走经过玫瑰城药店、超市、完美理发店和幸运狗宠物店的那条路。他们会在宠物店停留一会儿,亨利会在那儿跟潘尼卡夫先生买一些马肉。

亨利很喜欢去宠物店。那儿的橱窗里有很多小狗、小猫。三月底四月初那几天还会有兔子、小鸡和小鸭子。店里通常会有鹦鹉或者猴子，以前还有被摘除了臭腺的臭鼬。亨利也想过养一只臭鼬。他去哪儿，臭鼬就跟到哪儿，肯定特别有意思。不过问了价格，一只臭鼬要四十块钱，亨利只好放弃了。

不过亨利最喜欢的还是那儿的宠物鱼。店里的一面墙挂满了小型的水族箱，一个接一个，足足有好几排。

每个水族箱里都种着绿色的水草，里面还有水蜗牛和不同种类的热带鱼。每一个水族箱亨利

都会细细端详。他喜欢银黑条纹的神仙鱼,这种鱼只有一张纸币大小;他还喜欢那种两三厘米长的橙色翻车鱼,这种鱼有着天鹅绒般柔软的背鳍和尾鳍;亨利觉得那种小小的猫鱼也很有意思,这种鱼喜欢待在箱底,眼睛骨碌碌乱转,它们会用胡子一样的触须伸进周围的沙里找吃的。潘尼卡夫先生解释说,这些鱼来自世界各地,大部分都生活在热带地区的海里。那儿的水是很温暖的,所以这些鱼被叫作热带鱼。

  一个星期五的下午,亨利照例去了宠物店。他在那儿看到一张告示,上面写着:

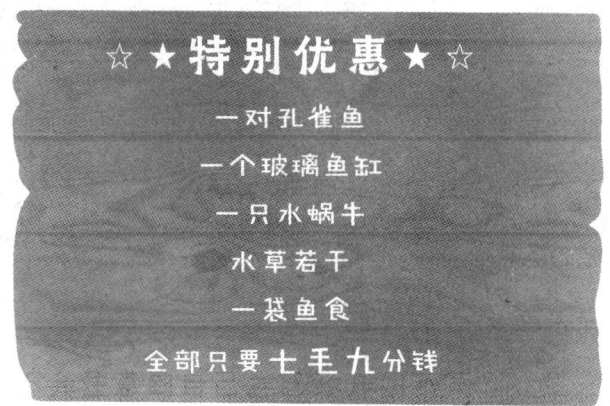

☆★特别优惠★☆
一对孔雀鱼
一个玻璃鱼缸
一只水蜗牛
水草若干
一袋鱼食
全部只要七毛九分钱

"哇！"亨利兴奋地叫道，"那么多东西只要七毛九分钱啊！"他看了看玻璃鱼缸里的鱼，每个鱼缸里都有一条银灰色的鱼，大概有四五厘米长。还有一条小一些的，全身都是彩虹色的。"真是太划算了！"

"可不嘛，"潘尼卡夫先生附和道，"你想要吗？我给你包起来吧。"

亨利摸摸自己的口袋，祖父给的一块钱硬币还在呢。他看着那条彩虹色的小鱼在追那条银灰色的大鱼，实在是太好玩了。亨利决定买一对孔雀鱼，反正花的是自己的钱。买回去就把它们放在自己房间的五斗柜上。没错，就放在五斗柜上，就这样。鱼儿们可以在鱼缸里安静地游来游去。妈妈肯定不会反对的，就两条安静的小鱼，又不会叫，也不会去泥地里打滚，不会碍事的。亨利心想。

"那我就买一对吧。"亨利对潘尼卡夫先生说，然后看着他用一张防水纸包住了鱼缸顶部，又用橡皮筋扎好，最后放到一个袋子里。

国际文学大师书系

"天气冷的时候,要记得把鱼缸放到电暖炉旁边。不然鱼会冻伤,还会得白点病。"

"白点病?"亨利不太明白。

"对,白点病。就是鱼虱,一种寄生虫。如果鱼冻伤的话,就会全身长鱼虱,看起来就像是白色的点点。"

"天哪!"亨利大吃一惊。没想到养孔雀鱼还有那么多门道呢。

"也别太担心了,"潘尼卡夫先生说,"水温可以低到十六度,鱼不会有问题。如果屋里的温度只有十六度的话,你就得打开电暖器让它们暖和暖和。"

听上去也没那么复杂。"多长时间换一次水呢?"亨利问。

"水倒没有必要换,水蜗牛会帮着清理水里的脏东西。只要保证每天喂一小撮鱼食给它们就行了。如果喂得太多,它们吃不完,或者鱼缸里的鱼太多,水才会变脏呢。"潘尼卡夫先生边说,边给

亨利找了钱。

"我之前都不知道这些，"亨利说，"谢谢你告诉我。这是你的肉，小排骨。"亨利把刚买的一包马肉递给小排骨："回家这一路上你得一直衔着，绝对不能停下来偷吃，到家以后才能吃。这块肉要撑好几天呢。"狗狗用嘴衔着肉，和亨利一起离开了宠物店。

小排骨嘴里衔着它的马肉，摇着尾巴，在亨利前面欢快地小跑。亨利走得稳稳当当，尽量避免晃动手里的鱼缸，更不想把鱼缸里的孔雀鱼给晃出来。小排骨跑在前面，甩开亨利足有半个街区。它放下装肉的包裹，回头看看亨利，见主人还没赶上来，它便开始把包裹的包装纸咬开来。

"嘿！不能咬开！"亨利远远地叫道。他开始跑起来，但鱼缸里的水晃出来了，他不得不停下来。

为了不让亨利追上来，小排骨衔起它的马肉，沿着人行道往前小跑了一段，然后把包装纸彻底咬

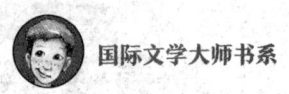

开了。

"停下！你……你……你个老油条！"亨利又跑了起来。这一次他把抬鱼缸的手伸得老长，把鱼缸平平地端在自己胸前，不过水还是不断地往外洒。

小排骨狼吞虎咽地吃掉一大块肉，咬着剩下的继续向前走。眼看亨利要追上来，一伸手就能够着肉了，小排骨又撒开腿蹿了出去。

"小排骨！你给我站住！"狗狗根本不理亨利。"等我抓住你，看我怎么收拾你！"亨利是真生气了。他把鱼缸放到人行道边，开始追他的狗。这一回亨利赶上了小排骨。

亨利伸手抓住肉的一端，猛地一拉。小排骨从喉咙里发出低吼声，咬住肉的另一端，也使劲地拽。狗狗把肉咬得死死的，它的尖牙齿就像钩子一样，牢牢把肉给钩住了。亨利这一头可费劲了，生肉又凉又滑，根本拽不住。

"你给我放开！"

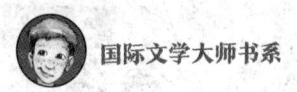
国际文学大师书系

小排骨低吠得更凶了,那声音听起来就像是彻底发怒了一样。亨利拽得越用力,小排骨叫得越凶。

亨利知道小排骨不会真咬他,不过他也知道,所有动物为了食物都会发狠,所以还是不要把它给惹急了。再说,也不能一下午站在街上和自己的狗狗玩拔河呀,孔雀鱼还放在路边呢,再放一会儿它们该冻着了。

"好啦,好啦,你个老油条!想吃就吃去吧,我不管了。吃完了,这一个星期你就吃罐装狗粮吧。"亨利折回去抬鱼缸,小排骨大口吃起肉来,吃完还不忘舔舔骨头。这下可吃饱了,肚子都鼓起来了。亨利在前面走着,小排骨在后面慢慢跟着,一起往家走。

走到克利基塔特街,来到家门前,亨利打开门叫道:"嘿,妈妈!快来看我用祖父给的一块钱硬币买了什么。"

"我可不敢看,"妈妈在厨房里回答道,"这次又是什么啊？"

"鱼。"

"鱼？"哈金斯太太很吃惊，"你想让我晚饭的时候做给你吃吗？"

亨利把鱼缸抬到厨房说："不是，妈妈，你没明白。不是死鱼，是活鱼。还在鱼缸里游泳呢。是孔雀鱼。"

"孔雀鱼？"

"是的。就两条，不大。我会把它们放在我的五斗柜上，一点儿都不会碍事的。今天宠物店做活动，卖得很便宜。妈妈你快瞧。"亨利轻轻地把鱼缸从纸袋里拿出来。

哈金斯太太放下手里削了一半的土豆，说道："哇，亨利，这小鱼可真漂亮啊！"

"我就知道你会喜欢。"亨利很高兴。

妈妈弯下腰凑近看了看："亨利，水里那些黑色的小东西是什么？"

"什么黑色的小东西？"亨利凑近睁大了

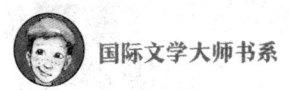 国际文学大师书系

眼睛。

"我知道了,是孔雀鱼宝宝,"哈金斯太太兴奋地叫道,"足有十五条或二十条呢。"

"孔雀鱼宝宝!"亨利笑得嘴都合不拢了,"妈妈,你见过那么小的鱼吗?天哪,它们也太小了,只能看得出眼睛和尾巴呢。"

哈金斯太太叹了口气说:"亨利,我有点儿担心。它们不会一直这么小的,用不了多久就会长大,到时候该怎么办?"

"我也不知道。问问爸爸吧。"亨利很担心,"也许爸爸知道怎么养孔雀鱼宝宝。"

但等爸爸下班回家后,亨利失望地发现爸爸对孔雀鱼也是一无所知。"你为什么不去图书馆借一本关于孔雀鱼的书呢?"爸爸建议道。

哈金斯太太说离吃晚饭还有一会儿,可以去。亨利便拿上自己的图书借阅卡,和小排骨一起直奔图书馆。

"你好啊,亨利,"负责儿童阅览室的管理员

阿姨跟亨利打了个招呼,"你是来找'巨棱'和食人魔的书吗?"

这是个只有亨利和这位阿姨才懂的小笑话。那时,亨利刚开始独立阅读童话故事,他来图书馆还书的时候,跟这位阿姨说要找一本"巨棱"和食人魔的书。现在想想真是有点儿傻,虽然他觉得说"巨棱"和食人魔比说巨人和食人魔更好听些。

"不是的,我来找一本关于孔雀鱼的书,"亨利回答道,"我养了一些孔雀鱼宝宝,我得了解一下该怎么照顾它们。"

阿姨找到一本关于兴趣爱好的书,里面有一章是专门讲宠物鱼的,可是和孔雀鱼有关的内容却没多少。"稍等一下,亨利,"她说,"也许成人阅览室里有。"过了一会儿,她拿了一本厚厚的书回到儿童阅览室,这是一本专门讲热带鱼的书。"这本你肯定用得着,"她说,"不过我担心会不会太难了,怕你读不懂。如果你爸爸妈妈能帮你的话,应该没问题。你用你的借阅卡把它借走吧。"

"当然,我爸爸会帮我的。"

阿姨在借阅卡上盖了章。亨利可高兴了,他用自己的卡借了一本大人的书。他迫不及待地拿上书跑回了家。

吃完晚饭,哈金斯先生坐下来开始读那本讲热带鱼的书,而亨利则跑回自己房间瞧孔雀鱼去了。这一次他仔细数了,有三十八条孔雀鱼宝宝。过了一会儿,爸爸拿着书来到亨利房间说:"这本书很有趣,亨利。得多弄几个鱼缸来才行。书上说,不能把那么多鱼养在一个鱼缸里。"

"但是爸爸,去哪儿弄鱼缸呢?"

"去地下室看看吧,也许能找着用得上的东西呢。"

于是亨利和爸爸去地下室里找了个遍,终于找到一个大罐子,是哈金斯太太以前腌黄瓜用的。

"这个应该能用。"哈金斯先生说。他们把罐子带上楼,清洗干净。哈金斯先生在罐子里面灌上热水,然后把它抬到亨利房间。"现在等水凉一

些，就可以把小孔雀鱼放进去了。孔雀鱼不能直接放在自来水里养，自来水得静置一段时间才能用，或者是放凉的热水也可以。让水晾着吧，这一会儿我们来做个渔网。"亨利找了一截铁丝，把它弯成一个圆圈。哈金斯先生拿了一只旧丝袜，把它缝在铁丝圈上，这样渔网就做好了。

亨利和爸爸轮流用渔网把小鱼捞起来，放到泡菜罐子里。亨利没想到小鱼竟然能游那么快。

接下来的每一天，亨利起床的第一件事就是去看泡菜罐里的小鱼。亨利每天放学后回到家的第一件事不是去厨房找吃的，而是去看小鱼。小鱼一天天长大。几个星期之后，大鱼又生了好多小鱼。亨利实在找不到更多的泡菜罐了，他只能用妈妈腌水果的罐子。水果罐子比较小，只能装一升左右的水，所以一个罐子里不能放太多小鱼。

罐子越来越多。亨利开始把罐子放在五斗柜上，放在床边的桌子上，放在房间四周的墙边。所有的墙边都放满一排罐子之后，他开始放第二排。

"我的老天爷,亨利,"妈妈说,"用不了多久,这里连脚都迈不进来了。"

"如果你把所有鱼都养起来的话,"爸爸说,"到年底的时候,你的房间里就会有一百万条鱼!"

"哇!"亨利吃了一惊,"我房间里会有一百万条鱼!"这可是个大新闻啊,可以去学校里跟同学们炫耀了!

暑假终于开始了,亨利高兴极了。他一心扑在养鱼这件事情上,都没时间和克利基塔特街上的小伙伴们玩耍。他把所有的零花钱都拿来买鱼食、水蜗牛和水草。晚上睡觉亨利都不敢开窗,生怕夜里气温下降让鱼冻着。只要鱼不生病,亨利什么都愿意做。

每天都有附近的小朋友来敲亨利家的门,他们都是来看小鱼的。

妈妈终于受不了了,她说:"亨利,不能再这样下去了。你不能再养这么多鱼了,你得拿出一些给你的朋友们。"

亨利太喜欢他的鱼了,但说不上更喜欢哪一条。鱼儿们在罐子里游来游去,十分活泼可爱。要是把它们送出去,亨利还真舍不得呢。但是墙边的罐子已经放到了第三排,不送看来是不行了。亨利开始挨个问住在附近的小伙伴,想不想养孔雀鱼。

斯库特觉得自己没有时间照看这些鱼,他得去送《购物信息报》,一周要送两天呢。

玛丽·简说她妈妈不让她养鱼。玛丽·简的妈妈是个很挑剔的人。

罗伯特说他更愿意来亨利家看鱼,让他自己养恐怕够呛。

最后还是比苏斯说愿意养一条。比苏斯的真名叫贝亚特丽斯,不过她的小妹妹雷梦拉叫她比苏斯,所以大家也都这么叫了。比苏斯和雷梦拉已经养了一只猫、三只白兔和一只乌龟,再养一条鱼也没什么大不了。亨利花了很长时间才决定把哪一条孔雀鱼送给她。

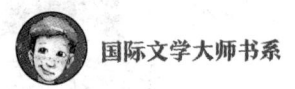
国际文学大师书系

一天早上，哈金斯太太开车从超市回来，她买了三箱杏子放在后座上。亨利帮妈妈把杏子搬到家里。妈妈对亨利说："亨利，一会儿去地下室找大概二十个水果罐子。这些杏子都熟透了，要马上放到罐子里腌起来。"

亨利去到地下室，只找到四个罐子。"都找遍了，只有这几个了。"他对妈妈说。

"哦，还有一个是坏的，有裂缝。"哈金斯太太看看那三箱杏子，又看看亨利，说道："亨利，"从妈妈说话的语气就知道，她接下来要说的话是十分严肃的，"回到你房间拿十七个罐子给我。把里面的鱼都拿出来，我要空罐子。"

"好的，妈妈。"亨利没有办法，只能乖乖照做。他回到自己房间，看着罐子里的孔雀鱼。他知道自己的鱼确实太多了，但它们实在是太可爱了！他跪下来，用双手撑着地，仔细看着自己的宠物。

"亨利！"妈妈叫他，"我要开始处理杏子了，你得快点儿把罐子拿来。"

"好的。"亨利拿起渔网,开始捞那些最小的鱼。他唯一能做的就是把它们移到一个罐子里。他很不想这么做,书上说了,孔雀鱼不能扎堆放在一起。都弄好了,亨利把罐子拿到厨房里,把里头的水倒进洗碗槽。

"对不起,亨利,"妈妈说,"不过,我之前就告诉过你,不能一直把孔雀鱼养在水果罐子里。"

"我明白,妈妈。我觉得我得想个办法才行。"那天早晨剩下的时间亨利都在忙着给鱼喂食。他必须小心翼翼地抓上一小撮鱼食撒到每一个罐子里去。他能听到罗伯特和比苏斯在空地上玩牛仔游戏的声音。小排骨来到亨利房间,呆呆地盯着他,几分钟之后它出了门。亨利也想出去玩,但是他不能让这些鱼饿着呀。

那天下午晚些时候,哈金斯太太开车去城里接亨利的爸爸下班。他们回来以后,亨利看到爸爸又把好几箱杏子搬进厨房。他知道接下来要发生

什么。

该发生的总是会发生的。

"亨利,"妈妈说,"你恐怕要再拿几个水果罐子给我。"

亨利叹了口气:"我觉得十七个可能不够,我要给你拿三十四个才行。"他回到自己房间,不一会儿又回到厨房:"妈妈,那什么,今年除了杏子以外,还会腌其他水果吗?"

"应该还会腌西红柿和梨。我想我们可能会去胡德山摘些越橘果。你很喜欢在冬天吃越橘果派,对吧?"

亨利确实爱吃越橘果派,不只是冬天,他什么时候都爱吃。他回到自己房间,把更多的鱼弄到一起,又腾出好几个罐子。西红柿、梨,还有越橘果。亨利觉得在夏天结束之前,妈妈会把所有的水果罐子拿去,最后只会剩下一开始自己在宠物店买的鱼缸还有那个泡菜罐子。

"嘿,妈妈,"亨利叫道,"你还会做腌黄瓜吗?"

"是的,亨利。"

得,泡菜罐子也别想了。夏天结束之前,要把几百条孔雀鱼移到仅有的那个鱼缸里。几百条只是现在的数目,天知道还会生出来多少。到时候鱼缸里全是鱼,水都装不下了。

这样反倒简单了许多。亨利决定了,他会把所有的孔雀鱼都处理掉。这么做他肯定不忍心,可是

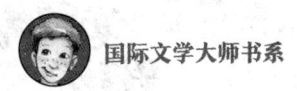

哪怕留下两条，最后都要处理，无论如何都会走到这一步的。把鱼处理掉就能出去玩了，也挺好。亨利打定主意，把所有鱼都送回幸运狗宠物店，也许潘尼卡夫先生能再卖给别人呢。

亨利手拿渔网正在捞一条孔雀鱼时，爸爸走进他的房间。亨利把自己的想法告诉了爸爸。"我讨厌这样做，"亨利哀怨地说，"但总不能在我的房间里养一百万条鱼吧。"他伤心地看着自己的鱼。

"我理解你的心情，亨利。我也不希望把鱼处理掉。但是它们已经失控了。我来告诉你怎么做吧。把所有的鱼都抓到泡菜罐里，让它们在里面待一会儿，不碍事的。吃完中午饭我就开车带你去宠物店。"

亨利伤心地把所有鱼都转移到了泡菜罐里。吃完中午饭，他和爸爸还有小排骨就开车去了宠物店。小排骨倒是很享受坐车的感觉，一路上都很开心。

"我给您带了好多孔雀鱼，"亨利对潘尼卡夫

先生说,"希望您能用得上。"

"用得上,肯定用得上!"潘尼卡夫先生高兴地大声说道,"自从上次做活动卖完以后,店里一条孔雀鱼都没有了。咱们先看看鱼吧。"

亨利把泡菜罐子打开,他爸爸在看墙上养热带鱼的鱼缸。

"你的孔雀鱼可真不少,"潘尼卡夫先生说,"看起来很漂亮,也很健康。你养得真不错,把它们照顾得很好。"潘尼卡夫先生把泡菜罐举起来对着灯光仔细看了看。泡菜罐里各式孔雀鱼游来游去,好不热闹,有灰色的、彩虹色的,还有大小不一的小孔雀鱼。

亨利不明白他为什么要这样自言自语。孔雀鱼已经给他了,亨利现在希望的就是,潘尼卡夫先生快把泡菜罐子还给他,好早些回家。

"现在嘛,"潘尼卡夫先生说,"我觉得这些鱼能值七块钱。我没法给你现金,你可以在店里挑七块钱的东西,什么都可以。"

国际文学大师书系

这些鱼值七块钱呢!亨利真是没想到。可以在宠物商店里挑七块钱的东西,随便挑!发财了!一直以来想的都是如何把鱼给处理掉,从没想过这些鱼在潘尼卡夫先生这儿还能值那么多钱呢。

"嘿,爸爸!你听到了吗?值七块钱呢!"亨利叫道。

"我当然听见了。你快开始选吧。"

"想拿什么就拿什么,小家伙。什么狗狗项圈啊、小猫咪啊、鸟食啊,什么都可以。"

亨利先得决定要什么。小排骨已经有项圈、狗绳和餐盘了,它什么都不缺。亨利看了看小猫,标牌上写着:小猫咪,一块钱一只。猫咪很可爱,总不能买七只猫咪回去吧。小排骨会追着撵它们的。亨利心想。

"您这儿的臭鼬做不做活动啊?七块钱卖吗?"亨利满怀希望地问道。

"没有,我已经很长时间没卖臭鼬了。"

"听您这么说我就放心了。"哈金斯先生说道。

亨利看看墙上的热带鱼，又在店里看了一圈，最后回到热带鱼边。他在猫鱼前面停住脚步，看见猫鱼正在鱼缸里拼命地挖沙呢。突然间，亨利明白了，在这店里他唯一想要的就是鱼，他想要更多鱼。

"我能在我的鱼缸里养一只猫鱼吗？"亨利问潘尼卡夫先生。

"不行，小家伙。猫鱼必须养在温水里。需要在水里放个加温器，还需要一个恒温仪，让水温保持恒定。"潘尼卡夫先生说完拿起两根玻璃管子，其中一根管子里面像是装满了沙子，另一个里面好像有很多电线。"看到了吗？这就是我说的加温器和恒温仪。它们刚好可以放到水族箱的角落里，就像墙上挂的那种水族箱。放进去以后，水温就能恒定了。"说着潘尼卡夫先生把两根管子放进桌子上的一个小型水族箱里。管子不大不小，刚好可以放进角落里。

"水族箱加这两根管子多少钱？"

"水族箱三块钱，加温器和恒温仪一共四块钱。加起来刚好七块钱。"

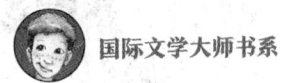

"这样我就没钱买猫鱼了,可我只想要鱼。"亨利有点儿失望。

"你知道吗?亨利,我都想好了,"爸爸说道,"送走孔雀鱼我和你一样难过。这样吧,你出钱买水族箱、加温器和恒温仪,我出钱买鱼。怎么样?"

"天哪,爸爸,太棒了!那我们就来挑鱼吧!"这时亨利突然想到一个问题,"猫鱼会不会生很多小鱼?"他问潘尼卡夫先生。

"当然不会。养在水族箱里的猫鱼几乎不会生小鱼。它们只有在户外,比如在池塘里或者河里生活的时候,才会生小鱼。"

"太棒了!"亨利说,"我们就是想要这种鱼。买回去给妈妈一个惊喜吧!"

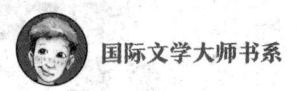

第三章
亨利和大蚯蚓

九月末的一个周五下午,亨利放学回到家。他把自己的大理石纹包包翻过来,抖了抖,把里面所有的硬币都倒在他的床单上。最近开销有些大,亨利知道他剩下的钱不多了。把小排骨领回来以后第一件事,就是花钱给它办了一个狗牌,还买了一个项圈。当然他不想让自己的狗用一个破盘子吃饭,所以又花了六毛九分钱买了一个红色的塑料餐盘,上面印着一个大大的"狗"字。他用一块钱买了孔

雀鱼,为了照顾鱼还花光了所有零花钱。然后卖了孔雀鱼,又用卖鱼得的七块钱买了水族箱、加温器、恒温仪来养一条猫鱼。

今天吃早餐的时候,爸爸把下个星期的零花钱给了亨利,一共是两毛五分钱。除此之外,还有上星期省下来的六分钱。对了,在公园里他还捡到一枚五分钱硬币。他还有一枚加拿大的一角钱硬币,他本想花来着,不过有点儿舍不得,毕竟收藏了一年了。亨利还曾想过要收集硬币呢。加上这枚加拿大的一角钱硬币,他总共有四毛六分钱。这还没算放学回家路上在空地上捡的三个旧牛奶瓶,三个瓶子应该可以卖九分钱。

还远远不够啊。

亨利需要十三块九毛五分钱,还得加上四毛一分钱的税①。

亨利需要这些钱买一个橄榄球,是体育用品商店卖的那种真正的橄榄球,不是商场里卖的那种玩

---

① 译者注:在美国,商品的标价不含消费税。

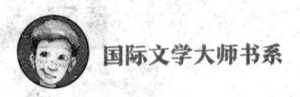

具橄榄球。这次他想要一个纯牛皮的、用尼龙线缝起来、用鹿皮条装饰的那种橄榄球。每个住在克利基塔特街上的男孩都想要一个。

所有的钱都摊开放在床单上,亨利看得出了神。他隐约听到妈妈在叫:"亨——利——"

亨利来到前门。斯库特·麦卡锡站在门廊前等他。亨利吃了一惊,斯库特很少来找他玩。斯库特上五年级了,比亨利大。看到他手里拿的东西,亨利更吃惊了——一个纯牛皮的、用尼龙线缝起来、用鹿皮条装饰的橄榄球!

"嗨,斯库特!"亨利打了个招呼,"哇!哇!这球是哪儿弄来的?"

"我奶奶送我的生日礼物。"斯库特回答道。

"你奶奶送的?"亨利觉得难以置信,"我奶奶只会送我毛衣和袜子。"

"我奶奶送我的礼物可好了。出来玩吧,我们可以互相传球玩。"

斯库特用拳头使劲砸着球,那声音就像敲鼓

一样。

亨利忍不住想摸一摸,感受一下皮革的柔软。两个男孩来到人行道上,小排骨也跟在后面。斯库特跑到远处,把球扔给亨利。球在飞行的过程中碰到了伸出来的树枝,不过亨利还是接住了。球的手感太好了,大小刚合适,又很硬实,闻起来还有新皮革的香味。亨利简直爱不释手,用手把球摸了个遍,然后又把它扔给斯库特。球又碰到了树枝。

"要不这样吧,"斯库特说,"我到街对面去,你在这头,我们隔着街扔,就不会碰到树枝了。"斯库特用手夹住球猛冲到街对面,就像是白米冲刺达阵①得分一样。

嘭!球划过一道漂亮的弧线,被扔回到亨利手中。这声音响亮低沉,没错,好的橄榄球就该是这样的声音。亨利又把球扔给斯库特。嘭!斯库特接住球。就这样,两个人来来回回扔着球。啪!啪!

---

① 译者注:达阵是美式橄榄球运动里的一种得分方式,也叫"触地得分"。

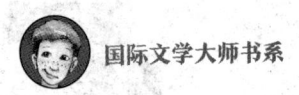
国际文学大师书系

亨利不断接球,手被砸得生疼。

"再扔过来,"斯库特喊道,"然后我们就去空地练一练用脚踢球。"

亨利真希望能拿着球好好感受一下,可球毕竟是斯库特的呀。没办法。亨利使劲攥着球,手臂往肩膀后面一拉。这次他想传个漂亮球,就像新闻里最佳橄榄球运动员传的球一样。

正当亨利把手臂往前送的时候,小排骨突然吼了一声。亨利的眼睛不自觉地去看小排骨,可手臂并没有停下来,还在往前送呢。最后球离开他的手指,飞了出去。

就在那一刹那,一辆车转过街角,嗖地开了过来。

斯库特大叫道:"嘿!小心!"

太晚了。球已经出手,亨利也无能为力。那辆车开得飞快,并没有减速。在那一瞬间,亨利觉得糟了,球肯定要砸到司机。球没砸到司机,而是从后窗户飞进去,打到另外一边的窗玻璃,落到了车里。

车子呼啸而过,沿着街道越开越远,拐过街角时两个后车轮还发出刺耳的声音。

车不见了,球也跟着不见了!

两个男孩都盯着车子消失的方向。亨利目瞪口呆,站在原地一动不动,手臂还举在空中。等亨利终于缓过神来,把手放了下来,还是一句话也说不出来。

"我的球!"斯库特大叫道,他又转过脸看着

亨利，"我的球还在那辆车里呢！"他用责怪的语气对亨利说。

"我想是的。"亨利觉得很不自在，"也许过一会儿车上的人就会把球送回来的。"亨利说道，他也真心希望会是这样。

"最好是这样。"斯库特没好气地说。

"天啊，我觉得刚才那辆车的时速得有一百二三十公里！"亨利说。

"我都没看清车牌。"

"警察应该逮捕他。"亨利说。他的心里很忐忑，说什么都可以，别提球的事儿就行。

"开那么快，会撞到人的。"斯库特说。

两个男孩等啊等。等的时间越长，斯库特越生气，最后他已经压不住火了。"我觉得那辆车不会回来了，"憋了半天，他终于说话了，"都怪你，球是你扔的。"

"是的，这我知道，"亨利大方地承认，"但也不能全怪我啊。小排骨突然冲我叫，那辆车早不

来晚不来,偏在我扔球的时候来。"

"你就不该把球扔出去。"斯库特责怪道,脸色越来越难看。

"我没法控制啊。"亨利呛了回去,"球扔出去了我才看到车。球都扔出手了,我怎么把它抓回来呢?"

"我不管!要不是你那只笨狗瞎叫唤,你也不会听不到车开过来的声音。它就是在瞎叫唤。你把我的新球弄丢了,你得给我再买一个。你要是不买,我就……我就……"斯库特也没想好他会怎么样,所以没把话说完。

亨利也不知道该说什么,就觉得不能全怪自己。可不管怎么说,半小时以前斯库特有个新球。现在球不见了,而亨利是最后碰球的人。

"我有四毛六分钱,还有三个牛奶瓶,你都拿去吧。"亨利说。他希望能让斯库特好受些。和斯库特一样,球不见了他也很难受。

"那怎么够?"斯库特说道,"下个星期六之

国际文学大师书系

前你得给我买一个新的,否则我就告诉我爸爸,我爸爸就会告诉你爸爸,到时候有你好看的。"

不用怀疑,斯库特会说到做到。亨利肯定会吃不了兜着走。有一次亨利把另一个男孩的旱冰鞋弄坏了,爸爸就好好把他训了一顿,还让他用零花钱把旱冰鞋给修好。"好吧,"亨利说,"我会给你买一个新球。我也不知道该怎么办,不过我会解决的。"

亨利转身,慢慢走进家门,小排骨跟在他后面。"瞧你干的好事,"亨利说道,"我的钱本来要买橄榄球的,都用在你身上了,办狗牌,给你买项圈还有餐盘。"小排骨耷拉着脑袋听着。亨利多想有一个纯牛皮的、用尼龙线缝起来、用鹿皮条装饰的橄榄球啊。比起半小时前,现在自己离这个梦想越来越远了,简直相距十万八千里。接下来的整个下午,亨利都闷闷不乐,吃饭的时候也一样。他在想该怎么办。

"想不想再吃块姜饼?"爸爸问道。

"不了，谢谢，"亨利心不在焉地说，"你们慢慢吃，我吃饱了。"

"怎么了，亨利？哪里不舒服吗？"哈金斯太太感到有些奇怪。亨利一般要吃两块姜饼的，如果让他放开了吃，能吃三块呢。

"哦，没事，我很好。"亨利说完，便出门坐到了前门台阶上。小排骨也在台阶上躺下来，头枕在亨利的脚上打瞌睡。

"哪怕给我惹了那么大的麻烦，你也还是我的乖狗狗。"亨利说道。

唰啦，唰啦。亨利听着隔壁草地上洒水器喷水的声音，心里却在想要怎么才能在一个星期的时间里挣到十三块九毛五分钱。他想啊想，愁得直挠头。

哦，对了，可以去捡锡箔纸。不行，那太花时间了。连收垃圾的都不要旧香烟包装壳上的锡箔纸，那太小了。他们要的是那种大张的，可要找到大张的又谈何容易呢。

也许可以向邻居们要一些旧报纸和旧杂志。不行，上上周学校组织了旧报纸回收活动，他已经把能找的报纸都找来了。再说了，半公斤旧报纸只能卖半分钱。

要不去公园里摆个摊卖柠檬汽水吧。摆摊倒不难，小孩子也能搞定，可真正花钱买汽水的是大人。

他可以帮别人修剪草坪，收费五毛钱，修剪两块草坪就可以赚一块钱。想赚到十三块九毛五分钱就需要修剪二十八块草坪。就算能找到二十八块草坪，那也要到放学之后才会有时间。看来是够呛。

天色渐晚，亨利还坐在台阶上冥思苦想。隔壁的洒水器依旧响着，唰啦，唰啦。过了一会儿，住在隔壁的赫克托·格鲁比先生从家里出来，把洒水器关了。亨利很喜欢格鲁比先生，但是对格鲁比太太就不好说了。她在她家的灌木丛边撒了好多"狗狗走开"，小排骨很不喜欢那东西的味道。

亨利看见格鲁比先生一只手拿着手电筒，另

一只手拿着个水果罐子。他走到人行道上把罐子放下，接着蹑手蹑脚地走上草坪，打开手电筒一照，弯下腰，然后猛地向前一扑。他捡起一个什么东西，放到罐子里。天太黑了，亨利没看清是什么。

格鲁比先生又扑了一次，这一次没把东西放到罐子里。亨利听到他喃喃自语道："哎呀，让它给跑了。"

亨利忍不住了，他得去看看格鲁比先生到底在干什么。他穿过草坪，来到灌木丛边，踮起脚尖够着往前看。

"如果你想离近一些，"格鲁比先生说道，"你得踮着脚走过来。要轻一点儿，不然就把它们给吓跑了。"

"把谁吓跑了？"亨利问。

"大蚯蚓。"格鲁比先生说。

"大蚯蚓！"亨利兴奋地叫道，"大蚯蚓是什么东西？"

"一种蠕虫，"格鲁比先生说，"很大的蠕

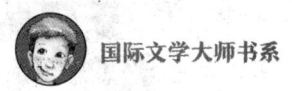

虫。你住在这儿这么多年，都没见过大蚯蚓？"

"没见过，"亨利回答道，"它们有多大？"

"这个嘛，差不多有十七到二十五厘米那么长。"

"天哪！"亨利觉得难以置信，"二十五厘米！我从来不知道蠕虫能长那么长。"

"这儿有一条。"格鲁比先生往前一扑，抓住了它。他把虫子拿起来，用手电筒一照，可真是又大又肥啊，足有二十二三厘米那么长，和一支铅笔差不多粗呢。

"哇！"亨利叫道，没亲眼见到前他还真是不敢相信。格鲁比先生把它放到罐子里。

"你要用它们来钓鱼吗？"亨利问道。

"没错。"格鲁比先生又扑了出去。

"钓什么鱼呢？"

"什么鱼都钓，比如说鳟鱼、鲑鱼、鲈鱼，还有鲶鱼。明天一早我就要去哥伦比亚河里钓鲑鱼。"

亨利想了想问："您都是夜里出来抓大蚯

蚓吗?"

"是的。如果土是湿的,它们就会在夜里钻出来。我把草坪给浇得透透的,这样它们就会爬出来。我再用手电筒一照,在它们钻回土里之前一把抓住它们,出手要快才行。"

格鲁比太太走到门廊上喊她的丈夫:"赫克托,你明天一早三点钟要去钓鱼吧?如果你想让我给你准备午饭,你现在就得去趟商店买个面包,再

国际文学大师书系

晚商店就要关门了。"说完她就回屋了。

"好的。马上就去。"格鲁比先生又转头对亨利说,"你想挣钱吗?你会做什么?"

"我会抓大蚯蚓!我能帮您吗?"

"那好。你帮我抓大蚯蚓,一分钱一条,怎么样?"

"哇!"亨利说,"一分钱一条!您要几条呢?"

"越多越好。我如果用不了,别人也可以用。"说着他把罐子还有手电筒递给亨利,然后钻进了自己的汽车,开走了。

一分钱一条!一块钱是一百分,那十三块九毛五分就是一千三百九十五个一分。也就是说他得抓一千三百九十五条大蚯蚓才够买一个橄榄球。还要多抓四十一条,因为还得加上四毛一分钱的税呢。

亨利沿着灌木丛走了一圈,然后踮着脚尖穿过草坪。灌木丛里撒了"狗狗走开",所以小排骨不敢过来,只能待在自己家那头的草坪上。亨利打开手电筒一照，可不是嘛！就在不远处，草叶中间，一条又大又肥的蚯蚓露出了一头。可当亨利弯下腰抓它时，它却不见了。

亨利踮着脚走到更远一些的草坪上，再次打开手电筒。这一次他加快了速度，一把抓住蚯蚓露出来的那一头，又湿又凉。它的另一头已经钻进土里去了。亨利用力往外拽，蚯蚓用力往里钻。蚯蚓被越拉越长，越拉越细，最后啪的一声，蚯蚓从亨利手里滑了出去，瞬间钻进土里不见了踪影。

"哎呀！"亨利说道。

亨利又看到一条，这一次他简直快如闪电，猛地一扑。太快了，蚯蚓两头都没来得及钻进土里就被抓住了。可抓住你了！一分钱到手了，亨利心想。

有了第一次，后面就越发简单起来。大部分时候，亨利一扑一个准。不一会儿他就抓了六十二条。过了一会儿亨利发现，怎么都抓不到了。要么是格鲁比先生家草坪上的蚯蚓都被抓完了，要么是

蚯蚓感觉到亨利在地上走来走去,不敢出来。总之,钱还远远没挣够,买球的事遥遥无期。

亨利正在想去哪儿找蚯蚓呢,格鲁比先生从商店买完面包回来了。"我给您抓了六十二条。"亨利说道。

"六十二条!真是太好了!"格鲁比先生把手伸进裤包,掏出一把零钱。他挑了半天,挑出一枚五毛钱硬币、一枚十分钱硬币，还有两枚一分钱硬币，拿给了亨利。

"谢谢您！"亨利礼貌地说。要是能多抓一些就好了。

格鲁比先生正要迈步回家，又停下来。"喂，小不点儿！"他冲着亨利叫道。亨利刚想穿过灌木丛，就听到格鲁比先生叫他："这样吧，星期天早上我会和一群哥们儿从我的小木屋出发去钓鱼。去的人不少，你抓的蚯蚓我们都能用。明晚你叫个帮手一起来抓蚯蚓吧，能抓多少抓多少。"

"好的，没问题！"亨利迫不及待地答应了，"我会给你们抓上百条。"

"那太好了！我们正需要呢。"格鲁比先生说完转身进了屋。

亨利又坐到他家前门的台阶上。他太需要钱了，所以得自己抓蚯蚓，不能找帮手。也就是说他得找很多很多块湿草坪。先给自己家的草坪浇点儿水，妈妈会高兴的，甚至还会吃惊呢。不过光他

家和格鲁比先生家的草坪还不够。也许他得去这条街上挨家挨户地问，告诉邻居们他可以在星期天傍晚的时候给他们的草坪浇水。可是这么一弄，比苏斯、罗伯特和其他孩子就都知道了，都会来打听他在干什么。亨利担心他们也会去抓蚯蚓挣钱。至少比苏斯会去，他太了解她了，她就是那种喜欢抓蚯蚓的女孩。

　　亨利坐在台阶上，希望自己有大片大片的湿草坪。他想象着成千上万片湿漉漉的草坪上，有无数又大又肥的蚯蚓正探出身子等他去抓呢。哪里有大片大片的草坪呢？公园！没错，就是公园！离这儿就几个街区。今年的九月很热，有点儿不寻常，所以公园里的草坪每天都会浇水。要是妈妈允许他晚上九点以后再回家的话，他就能抓到足够多的蚯蚓，那样就能把钱挣够，就可以买球了。

　　亨利走进客厅，看见妈妈正在织一只菱形花纹的袜子。

　　"妈妈，明天晚上我能晚点回家吗？"亨利把

事情的来龙去脉跟妈妈说了一遍。

哈金斯太太把袜子放下,叹了口气说:"你惹的这个麻烦可真不小啊。"

"哎,谁说不是呢,"亨利说道,"我也挺冤的,我只是把球扔出去,谁知道……"

"是的,经过我都知道了,"妈妈打断他,"我同意了,明天你可以晚一点回家。但是亨利,看在老天爷的分上,你以后可真要小心一些了,别再把别人的东西弄丢或者弄坏了。"

星期六对亨利来说可真是难熬的一天。他一直忐忑不安,生怕遇到斯库特。但他也得去一趟公园,看看公园的草坪有没有浇过水。不走运的是,去公园还偏偏要路过斯库特家。他故意走街道的另一边,看到斯库特就在他家前院修理自行车的链条呢。

他朝亨利挥着拳头喊道:"你要不还我球,我就修理你!"

"就你?"亨利也不客气,冲斯库特喊了一嗓

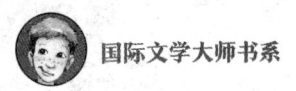
国际文学大师书系

子,就继续往前走了。直到进了公园,亨利悬着的心才放了下来。只听见唰啦,唰啦,洒水器正给草坪浇水呢,亨利松了口气。今晚不挣够十三块九毛五分钱外加四毛一分钱的税就不睡觉。

那天傍晚吃完饭,亨利连甜点都等不及吃,就跟爸爸借了个手电筒,拿上几个装蛋黄酱的瓶子,一路跑下小山坡来到公园。天儿可真热,网球场和游泳池灯火通明。天色刚刚擦黑,亨利却希望灌木丛的下面能再黑一些,那样自己就能马上开始抓蚯蚓了。时间可是浪费不起啊。

亨利走过游乐场,听到了孩子们的叫声、吊环的嘎吱声和秋千的叮当声。亨利没有停,继续向前走,他还有工作要做。他走到公园外围,那儿没有灯,他便打开了手电。他看得清清楚楚,灌木丛下面的草里趴着一条大蚯蚓。亨利一把抓起来,放进罐子里。接着又抓了一条。然后一条接一条……四百三十一条,四百三十二条,四百三十三条。到最后,他看见蚯蚓都不想扑了,他累了,也烦了。

游泳池熄灯了,亨利还在抓蚯蚓呢。过了一会儿,网球场也熄灯了,亨利实在是不想抓了,他对蚯蚓已经厌烦到了极点,但是不能停啊,还得继续。当他抓到第一千一百零三条蚯蚓,正要把它放进罐子里时,听到有人在叫他:"亨利!亨利!你在哪儿?"是妈妈的声音。

"我在这儿呢。"亨利腰酸背疼,站直身体揉了揉。他看见妈妈和爸爸正沿着小路走过来。

"天哪,亨利,"哈金斯太太惊呼,"你抓到蚯蚓了吗?你不能一个人整晚待在公园里啊!"

"但是妈妈,蚯蚓还没抓够,我就没法买橄榄球。我答应斯库特,这周以内还一个新球给他。我已经抓了一千一百零三条,要抓一千三百二十八条才够。我之前还攒四毛六分钱,昨天晚上我又挣了六毛二分钱。"

"我算算啊。亨利还需要至少两百二十五条。不算多,应该要不了多长时间,"哈金斯先生对哈金斯太太说道,"毕竟,亨利已经答应别人了,我

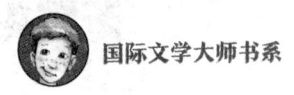
国际文学大师书系

们帮帮他吧。"

于是,亨利和爸爸妈妈一起弯腰抓起蚯蚓来。看到爸爸妈妈帮着抓蚯蚓,亨利心里有些过意不去。但一会儿后,当第一千三百二十八条蚯蚓被放进罐子里时,亨利简直太开心了。亨利把装满蚯蚓的罐子交给格鲁比先生,格鲁比先生付给亨利十三块二毛八分钱。亨利看着格鲁比先生把大蚯蚓转移到一个铺满湿土的盒子里,这样蚯蚓就能活到星期天了。亨利心想,我这辈子都不想再看见蚯蚓了。

亨利摸了摸口袋里的钱。这下可以应付斯库特那个家伙了!亨利心想。真希望能用这些钱给自己买个橄榄球啊,不过我终于可以回家睡觉了。

星期天一早,亨利趴在客厅地板上读幽默故事。亨利通常起得比爸爸妈妈还早,起来以后会读读幽默故事,不过抓蚯蚓把他给累坏了,今天早上他就多睡了一会儿。

哈金斯先生边看体育版新闻边喝咖啡,这时候门铃响了。他放下报纸去开门。

亨利听到一个陌生男人的声音:"请问,您知道这个橄榄球是谁的吗?"

还没等爸爸回答,亨利就飞快地跑到门口。

那人手里拿着斯库特的纯牛皮橄榄球,就是那个用尼龙线缝的、用鹿皮条装饰的橄榄球!

"天哪!"亨利说道,"这个球是我弄丢的,是斯库特·麦卡锡的球。"

那个人把球递给亨利,说道:"对不起啊。球落到我车里的时候,我着急送我太太去医院,没办法停车。本来早该还回来的,可我又要管孩子,所以……"

"没关系的,"亨利说,"天哪,您能把球拿回来,真是太感谢您了。"

那人走了以后,亨利把球拿给爸爸看。"爸爸快看,"亨利说,"就是这种球,我要用抓蚯蚓挣的钱买一个。"说完,亨利把球夹在胳肢窝下,以百米冲刺达阵得分的速度,沿着克利基塔特街冲到了斯库特家。

第四章
"灵鸟牌"雪橇

　　能坐在四号教室靠窗的位置,亨利很开心,因为坐在那儿可以看到雪花。尽管爸爸说今年可能会是一个"绿色节日",亨利还是希望能下雪。他觉得车库的箱子里装的就是他朝思暮想的雪橇,货真价实的"灵鸟牌"雪橇。对此他坚信不疑。

　　亨利坐在课桌前,耳朵听着鲁普老师在讲什么是小歌剧,心里想着一个学期内自己已经参加过好几次学校的戏剧表演了,同时他的眼睛还望着窗外

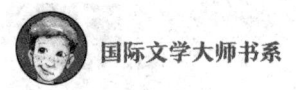

的云，想找到些下雪前的征兆。

九月份的时候，亨利在戏剧活动里演了二号印第安人，演得还不赖。他从鸡毛掸子上拔了根鸡毛插在头发里，身上穿了一件系带的花浴袍，是妈妈让他带到学校去的。角色并不难，台词就一句"呀！"，一号印第安人和三号印第安人的台词也是"呀！"，他们三个谁说"呀！"其实都一样，有一次就是三个人一起说的。

十一月份的时候，罗伯特得了腮腺炎，正好在"图书阅读周"之前，活动都快开始了。没办法，亨利不得不戴上长长的棉布做的胡子，去演罗伯特的角色——七个小矮人中的一个，是话剧《童话梦工厂里最受欢迎的人物活过来了》里的一个角色。亨利不太喜欢这个剧。不过还好，他不用记台词，也不用排练，只要把台词读出来就可以，因为时间实在是太紧了。在表演的时候，他不得不几次停下来，因为胡子跑到了嘴巴里，得把它拽出来。

最让亨利讨厌的是"全国爱牙周"。他得在那一周的家长老师见面会上表演节目。见面会的那一天,亨利心烦极了。因为他必须要穿上最好的裤子和白衬衫,而且整天都不能弄脏。见面会安排在放学以后。不用说,他肯定不能去和小伙伴们练习踢球了。最糟糕的是,他要站在所有家长和老师的面前鞠躬,并且朗诵下面的内容:

> 我是牙先生,
> 我的工作是嚼啊嚼。
> 一天刷我两次,
> 我就会又白又健康。

这次表演以后,学校里的小朋友都叫他"痰盂先生①",叫了很长一段时间。

现在鲁普老师在给大家讲小歌剧表演的事。这

---

① 译者注:在英语里犬齿(Cuspid)和痰盂(Cuspidor)两个词的拼写和发音比较接近。小朋友们为了取笑亨利,就把牙先生改成了痰盂先生。

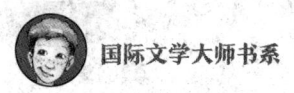

国际文学大师书系

次要表演的剧叫作《拜访白胡子老爷爷》，讲的是妈妈和爸爸带着两个孩子在平安夜去拜访北极的白胡子老爷爷。亨利觉得这个剧很无聊。故事讲到最后才知道，原来这一切只是小男孩做的一个梦。亨利最讨厌这样的故事了，讲了半天原来是某人做了个梦。

鲁普老师说：" 全校所有班级都要在小歌剧活动里出节目，角色有限，所以我们班就不能全员参加了。"

那太好了，亨利心想。鲁普老师开始安排角色。亨利在自己的座位上缩成一团，觉得这样鲁普老师就不会注意到他了。

鲁普老师接着分派起了角色：" 理查德、亚瑟、拉尔夫和大卫，你们四个演白胡子老爷爷的四只麋鹿。另外四个角色会在五班的同学里选。"至少到现在还是安全的！为了避免意外，亨利继续缩在自己的座位上。" 玛丽·简，你演跳舞的洋娃娃。比苏斯——不对，是贝亚特丽斯，你演布娃

娃。"这些都是女孩儿的角色。亨利觉得更加安全了。"罗伯特,你演大棕狗。"鲁普老师继续说道。孩子们都笑了起来。

"呜……汪!汪!"罗伯特学起了狗叫。孩子们又笑了起来。

鲁普老师开始给点到名字的同学发台词本,亨利觉得角色都分派完了。他坐直了身子,看向窗外的天空。天越来越黑了,说不定不用等到过节那天就会下雪呢。放学以后不用留下来排练《拜访白胡子老爷爷》,亨利很开心。既然爸爸妈妈要到过节那天才会把"灵鸟牌"雪橇给他,那他就想在这之前尽情地堆雪人、打雪仗。等雪橇到手以后,他就要去三十三街的小山坡上滑个痛快。

鲁普老师手里拿着一份台词本再次站到全班同学面前,然后开始冲着亨利的方向微笑起来。亨利也注意到了。为了避免被选上,亨利迅速在座位上缩成一团。

鲁普老师确实是朝着亨利在微笑。她说:"最

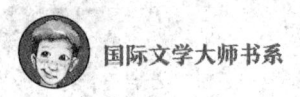

重要的角色将由亨利·哈金斯来扮演。亨利,你是四班里个子最小的男孩,所以你来演蒂米这个角色,就是做梦梦到整个故事的那个男孩。"听到这话,全班开始又叫又闹,笑成一片。

演一个小矮个儿!不能比这个更糟糕了,亨利压根儿没想到会这样。演一个小矮个儿!这怎么能受得了!"牙先生"已经让他受够了,一个小矮个儿?这下好了,班里的孩子还不知道会怎么笑话他呢。"鲁普老师,"亨利近乎绝望地说,"低年级里有更矮小的同学,这个角色能给他们演吗?"

"不行,亨利。所有二年级和三年级的男生都要去参加北极熊合唱队的表演。一年级的男孩太小了,记不住那么多台词。"鲁普老师说完就把台词本递给了亨利。薄薄一张纸上写得密密麻麻的,可能是很多张复写纸摞在一起写的,字迹模糊得都快看不清了。

亨利好不容易才看清楚上面的字:

第一幕：场景在蒂米的卧室。蒂米穿着睡衣，蒂米的妈妈进入。

蒂米的妈妈：快上床睡觉吧，蒂米。今天是平安夜，听话的孩子要在白胡子老爷爷到来之前睡着才行。

蒂米：好的，妈妈。（蒂米上床。妈妈给他盖好被子，说晚安并吻他。）

蒂米的妈妈：晚安，蒂米。做个好梦。（走出房间，关门。）

蒂米（打哈欠）：哎呀，太困了！真想看看白胡子老爷爷会在他的包里放什么礼物。我想我会……会……一直……醒着。（睡着。）

亨利叹了口气，这故事比他想得还无聊。要穿睡衣！还有晚安吻！穿着睡衣站在舞台上，还当着全校女孩儿的面，怎么不考虑一下他的感受呢？一个八年级的傻女孩演他妈妈，还要被她亲额头！光想想都觉得可怕啊。

得想个办法才行！这时罗伯特隔着过道小声对亨利说："嘿，小矮个儿！"

亨利没理他。如果自己从现在起每天早上做一个小时的拉伸运动，也许能很快长高一大截儿，到表演的时候就不是小矮个儿了。不行，行不通，时间不够。亨利还得想想其他办法。

整个下午，亨利都心事重重，连上社会课的心情都没有。他满脑子想的都是怎么才能不演蒂米，那个小矮个儿。最后一节课的下课铃刚响，亨利就抓起自己的帽子，到储物柜里拿出雨衣，第一个奔出教室，也是第一个冲出学校。

小排骨在杉树下等着亨利呢，雨没淋到它。"走吧，小排骨，"亨利叫道，"我们要跑在其他孩子前面，我可不想碰见他们。"

但亨利还是不够快，比苏斯、罗伯特和斯库特就紧跟在他后面。"你好啊，蒂米！"他们异口同声地喊道。"谁是小矮个儿？"他们干脆唱起来了，"亨利，小矮个儿！亨利，小矮个儿！"

亨利放慢了脚步。"喂，你们闭嘴！"亨利大叫道，"你们的角色很厉害是吧，才不是呢！你们一个是破布娃娃，一个是大棕狗。我猜斯库特也会演一个又蠢又笨的角色！"

"你不会看到我的，我才不会演什么小歌剧呢！"斯库特得意地说，"我是舞台工作人员。我负责拉幕布、管灯光、画布景之类的。"

玛丽·简沿街蹦蹦跳跳地到了他们面前，还轻巧地跳过了人行道上的一个水洼。"快瞧，又老又破的跳舞娃娃来了！"亨利叫道。

"我就是。"玛丽·简的脸上满是骄傲的神情，"我会穿上我的新芭蕾舞鞋和我的粉色塔夫绸派对礼服，再去做个卷发。"

众人听完都很失望。玛丽·简特别想演跳舞娃娃，这样他们就没法捉弄她了。玛丽·简的反应倒是让亨利有了新想法，不过他并没有马上说出来，而是等了等。斯库特接着说："我敢打赌，小矮个儿穿上睡衣一定很可爱。小矮个儿，你要穿那种带

袜子的连体睡衣吗？"

"哈，你这就是嫉妒，因为你就是个小角色。我可是整个剧里最重要的人物。"

"别搞笑了！"斯库特笑着说，"我不用背那么多台词，更不愿意穿着睡衣在一群人面前跑来跑去。给我一百万、一千万我都不愿意！"

亨利的想法很好，假装自己很愿意演小矮个儿，这样大家就不会取笑他了。可这个办法根本行不通，得另寻他法。也许自己可以装病。不，不行。妈妈会让他早早上床睡觉。如果下雪，他就得待在家里，眼睁睁地看着其他孩子去三|二街的小山坡上滑雪橇。

回到家以后，亨利决定先不把小歌剧的事情告诉妈妈和爸爸，等理清头绪后再跟他们说。亨利跟妈妈打了招呼，妈妈正在用打字机写信。然后他走进厨房拿了几块全麦饼干，抹上些花生酱、果酱，还放了一块酸黄瓜，准备先垫垫肚子。亨利拿起一块抹了花生酱的饼干喂给小排骨。然后他靠着冰箱，一边大口嚼着饼干，一边陷入沉思。

打字机咔嗒咔嗒地响着。亨利又吃了一块饼干。咔嗒，咔嗒，咔嗒。他听到妈妈把信纸从打字机里抽出来的声音。然后又听到她走进卧室。打字机……对呀！

"嘿，妈妈，我能用下打字机吗？"

"妈妈，请问我能用下打字机吗？"

"妈妈，请问我能用下打字机吗？"亨利又问了一次，显得很耐心，很有礼貌。

"用吧，亨利，不过打字的时候轻一点儿。"

亨利一口吞下抹了花生酱、果酱还放了一块酸黄瓜的饼干，他在牛仔裤上擦了擦手，然后走进客厅。他坐到书桌前，从抽屉里拿出一张纸，把纸放进打字机。他想了一会儿，开始打字。亨利敲键盘不像妈妈那样，咔嗒，咔嗒，咔嗒。他一次敲一个字母，咔，停下来。过了好一会儿，找对字母以后，他又敲一下，咔。他还要随时提醒自己，要打大写字母的话，要同时敲下另外一个键才行。

亨利敲了很长时间。还好,妈妈并没有注意到他。咔,咔,咔。终于敲完了。亨利把纸抽出来,读了起来:

> 亲爱的鲁普老师?
>
> 抱欠,亨利不能演小歌剧了,家里有很多事等着他做。请准许他请假。
>
> 此致,
>
> 哈-金斯太太

这个请假条和想象中的不一样,怎么看怎么别扭。有的地方格式不对,有的字甚至打错了。亨利把请假条撕碎扔进了壁炉里。他往打字机里又塞了一张纸,开始重新往上面敲字母,嗒,嗒,嗒。不一会儿,第二张请假条打好了:

> 亲爱的鲁普老师。
>
> 抱歉，亨利不能演小歌剧了，家里有很多事等着他做。请准许他请假。
>
> 此致，
>
> 哈金斯太太

亨利读了一遍又一遍，检查了一遍又一遍。亨利又看出问题来了，还是有错误。不行，这请假条也用不了。亨利把这张请假条也撕碎扔进了壁炉。这办法行不通，还要再想想。

到第二天彩排开始的时候，亨利还是没想出什么妙招。

鲁普老师对大家说，今天可以念台词，到下周就必须把台词都背下来。"亨利，你和爱丽丝先上台。"她发出指令，指挥大家各就各位。爱丽丝

就是那个八年级的女孩,她演蒂米的妈妈。"快点儿,亨利,不要浪费时间。"

亨利没精打采地爬到台上。他从裤包里掏出皱巴巴的台词纸,呆呆地看着。他决定假装看不懂台词,读不出来。也许他把所有台词都读错,鲁普老师就会找其他人来演这个角色。

爱丽丝开始念台词:"快上床睡觉,蒂米。今天是平安夜,听话的孩子要在白胡子老爷爷到来之前睡着才行。"

亨利拿起那张纸,几乎贴到了鼻子上。他皱起眉,眯起眼。他开口念的不是"好的,妈妈。"亨利的眉毛几乎拧成了麻花,他把纸倒过来,念的是:"好呀,老妈。"

"亨利·哈金斯!"鲁普老师生气地打断他,"纸上印的是什么你就读什么,不能乱改!"

"那什么,哎呀,鲁普老师,字印得太模糊了,我看不清。"

"拿过来给我看。"

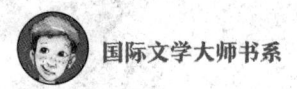

亨利耷拉着脑袋走下舞台,来到鲁普老师跟前,把纸递给她。"听着,亨利,根本没有你说得那么模糊。你的角色太重要了,不能在这偷奸耍滑。"

看吧,就是这样了,亨利心想。想什么招都不管用。

"继续。"鲁普老师命令道。

大家继续排练。亨利觉得用了好长时间才把整个剧过了一遍。然后音乐老师又把他们下周要学唱的歌弹了一遍。亨利发现,在第二幕里,他要一个人站到舞台中央唱一首歌。那首歌是这样的:

白胡子老爷爷万岁!
他来自北极,坐着驯鹿雪橇,
在高高的云中穿梭,
满载着塞满玩具的包裹。
孩子们盼他来,得到礼物多快活。

这是亨利听过的最蠢的歌了，这真是太傻了。当他知道罗伯特也要唱歌，歌名叫《汪，汪，我是一只大棕狗》时，亨利觉得这首歌比自己的那首还傻，心里顿时好受了一些。

离节日越来越近了，亨利却越来越提不起精神。格伦伍德学校里的每个人都在叫他小矮个儿。亨利的爸爸妈妈也知道了他在小歌剧里要扮演什么角色，是玛丽·简告诉了自己的妈妈，她妈妈又告诉亨利妈妈的。亨利每天晚上都要练习台词，每一句都要背得滚瓜烂熟。爸爸还在一旁对着台词本帮亨利纠正错误，同时也不停地给他鼓劲儿。亨利都没时间去车库看看那个装着"灵鸟牌"雪橇的箱子。

哈金斯太太专门进了趟城，给亨利买了套新睡衣。这套睡衣就是他在第一幕里的服装。新睡衣是用粉蓝白条纹的法兰绒做的。原本穿着睡衣上台就让亨利受不了了，穿的还是粉蓝白条纹的睡衣？光想想就够了。

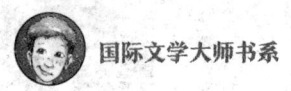
国际文学大师书系

　　亨利的嗓子肿了,咽口水都疼。他希望嗓子再疼一些,可始终没能如愿,最后他放弃了。哎,想什么办法都是徒劳,没指望了。他只想这一切快点儿结束。

　　一天下午,上第五节课的时候,亨利望向窗外,看到天空中有羽毛一样的雪花簌簌地落了下来。雪花很小,亨利一开始还不敢确定。趁着鲁普老师没注意,亨利斜着身子靠近窗户想看个真切。可不是嘛!下雪了。今年肯定不是绿色节日了!他的"灵鸟牌"雪橇可算是派上用场了!没过一会儿,班里其他同

学也看到外面下雪了。大家都开始小声议论起来。鲁普老师笑了笑，假装没听见。下课铃一响，大家都争着去拿自己的包，好早些到外面看雪。要演小歌剧的就没那么幸运了，他们只能从储物柜里把包拿出来，乖乖地去礼堂排练。

礼堂里很是热闹。在角落里，家长教师协会的妈妈们正给北极熊合唱队的小演员改服装。亨利还记得那身白色的衣服，他上次在春季戏剧活动里演兔子的时候穿过。现在妈妈们正在把兔子的长耳朵和毛茸茸的尾巴拆下来，缝上短耳朵和直尾巴。这样一改，兔子就变成北极熊了。

舞台工作人员也在热火朝天地忙着呢。几个八年级的男孩在调试灯光，不停地开开关关。在后台，大家撑起两个梯子，中间搭上一块木板，斯库特站到木板上开始用绿色颜料画舞台布景。

亨利坐在椅子上，等着上台。玛丽·简和比苏斯在排练舞蹈动作，罗伯特穿着大棕狗的服装在练习爬行。

亨利等啊等。他坐在礼堂硬邦邦的椅子上，眼睛却望着窗外的雪花。他能听见外面孩子的笑闹声。不用说，雪一定下得不小，都能打雪仗了。他希望快点轮到自己上台，排练完就可以开溜。现在是锡兵在台上排练步伐。他们唱完跳完以后，会有后台工作人员把一个篮球扔到他们面前。篮球好比是炮弹，锡兵应该应声而倒，一只脚还要翘在空中。鲁普老师对锡兵倒下去的动作不满意，让他们来回排练了好多次。

亨利溜达到锡兵后面去看斯库特画舞台布景。

"你这是要画什么？"他问道。

"树，"斯库特回答道，"我用的是真正的油漆。"

"哪儿弄来的油漆？"

"班里一个哥们儿的爸爸是开油漆店的，给了我们一些。"

正在这时，亨利听到狗叫声，像是小排骨的叫声。就是小排骨，它撞开礼堂的门，跑上舞台的台阶，从一排排锡兵后面钻过去，最后来到亨利身边。它不停地晃着身子，摇着尾巴。

"小排骨，老伙计！"亨利说，"外面太冷了，你等得不耐烦了吧？"小排骨又开始晃动起身子来。亨利拍拍它："怎么了？小排骨，你全身都湿透了！雪肯定下得很大啊。"

"瞧它那傻样。"斯库特说。

"它才不傻呢，它聪明着呢。是吧，小排骨？"

"我敢打赌它不会爬梯子，我的狗就会。"斯库特说。

"它肯定会。不信你叫它试试。"

斯库特站在木板上看着小排骨："上来，小排骨，"他叫道，"快来啊。"小排骨看看斯库特又看看亨利。

"快去吧，"亨利说，"顺着梯子爬上去。"亨利用手指指梯子。小排骨抬起爪子放到梯子的最下面一级。"好样的，加油！"小排骨小心翼翼地

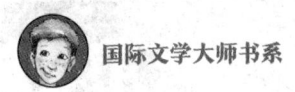

抬起另外一个爪子放到第二级上。"好狗狗！"亨利不停地给小排骨打气。

"快爬啊，小排骨。"斯库特喊道。小排骨四平八稳地爬到了梯子最上面，来到木板上。

"太棒了，小排骨！"亨利叫道，"瞧见了吧，我就跟你说它会爬梯子。"

小排骨也洋洋得意，从上往下看着自己的主人，边摇尾巴，边不停地汪汪叫。

"别叫了！"亨利低声命令道。他怕小排骨听不见，还是抬高了声音："如果被鲁普老师听到，她会把你赶出去的！"

小排骨坐在木板上，环顾了一下四周。

"快走开！"斯库特没好气地说，"你没看见我正忙着吗？"

"下来，小排骨！"亨利低声说道，"你不想让鲁普老师看到，对吗？"

"瞧见了吧，我就说它是只笨狗。"斯库特拿起油漆罐，跨过小排骨，把油漆罐放好，继续画树冠。

"快下来,小排骨!"

"哈,瞧它多蠢啊,上来就下不去了。"

"它才不蠢呢!下来,小排骨!"

小排骨站起来,闻了闻身边的油漆罐。"下来,小排骨,快下来!"亨利抬头看着他的狗,用哀求的声音说道,"下来,你个老油条。让鲁普老师看到你就完了。"

鲁普老师拍手让大家安静。音乐停了下来,锡兵也不再倒地了。

"那只狗是怎么进来的?"她质问道。

"我不知道啊,"亨利回答道,"我猜它是自己走进来的。"

"是吗?那好。快把它弄出去!"

亨利没有动。

"快点儿,亨利!今天下午还有很多事情要做呢。"

"哎呀,鲁普老师,我很想把它弄出去,可它不下来啊。"

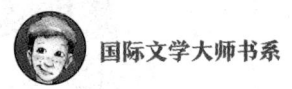国际文学大师书系

"鲁普老师,我来把它抱下去,"斯库特格外积极,很想表现自己,"我觉得这狗自己不知道怎么下去。"

亨利瞪了斯库特一眼。

"不行,斯库特。它太重了。抱着它你会摔下来的。"鲁普老师说道。

就在这时,小排骨坐了下来,开始用爪子挠自己的左耳。啪,啪,啪,它的后腿正好碰到了油漆罐。罐子歪了。斯库特叫了一声,小排骨也叫了起来。

"亨利,小心!"鲁普老师尖声叫道。

罐子倒了,绿油漆洒出来,刚好浇到亨利头上。

"糟了!"亨利听到鲁普老师跑上舞台的声音。他能听到声音却看不到她,他睁不开眼。冰凉的、黏糊糊的油漆从他头上慢慢流到脸上,又流到脖子上。他甚至能听到油漆从耳朵上滴下来的声音。

只听见鲁普老师在尖声说着什么,然后亨利感觉到她在用一块布一样的东西在他的脑袋。

"快去拿些卫生纸来!"她对其他孩子大声说道。鲁普老师把亨利脸上的油漆擦去:"早知道这样就不该让他们用真油漆。他们本该用颜料的,弄到身上也没关系,一洗就干净了。天哪,恐怕你的衬衫要毁了。"

亨利听到小排骨在叫。他终于能睁开眼睛了,亨利看到所有锡兵、北极熊合唱队的人,还有家长教师协会的妈妈们,都围在他身边。鲁普老师在用

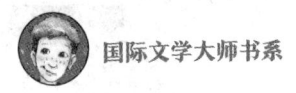

卫生纸给他擦头发。"哦,没事的,"他对鲁普老师说,"这件衬衫反正也是旧的。"鲁普老师又在用卫生纸擦亨利的耳朵和脖子。亨利觉得太硬了,耳朵和脖子被刮得生疼。

小排骨叫个不停,在木板上走来走去,眼睛一直盯着自己的主人。

"安静,小排骨!"亨利命令道。

小排骨不叫了。它焦急地看看地板,又看看亨利。还没等亨利反应过来,小排骨从木板上一跃而下,从几个锡兵还有北极熊的脑袋上飞过,四脚着地,落在一摊油漆里。油漆很滑,小排骨滑了一段距离以后才站稳,最后坐了下来。

"小排骨!"亨利叹了口气,又转头跟斯库特说,"瞧,它很聪明的,自己会下来。"

狗狗开始叫唤个不停,围着亨利跑来跑去。它脚上沾了绿油漆,在舞台上留下了一圈圈绿色的脚印。

"亨利啊,该怎么说你好呢,"鲁普老师带着

哭腔说完,又口气严厉地对斯库特说,"斯库特,把那只狗弄出去!把它抱走。我不想让它把绿色的脚印弄到大厅的地板上!"

"是,鲁普老师。"斯库特把狗拖了出去。

玛丽·简挤过人群来到亨利身边:"亨利·哈金斯!"她叫道,"看你妈妈怎么收拾你!你的头发全绿了,还有你的脸!"

比苏斯大笑起来:"亨利,你的脸看起来就像个绿苹果!"

"亨利,这些油漆一时半会儿是弄不掉的。"鲁普老师说。

有人递给亨利一面镜子。"我的天哪!"亨利倒吸了一口凉气。他盯着镜子看,他的头发和眉毛都成了浅绿色。他的额头也是绿的,一直延伸到脸上,一道一道的,都是绿的。还有耳朵,全绿了。"天哪!耳朵都绿了!"他一直盯着镜子看,简直不敢相信自己的眼睛。他甚至还隐隐觉得,自己的样子看起来还挺别致的,就像童话故事里的小

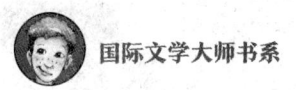
国际文学大师书系

妖精。也许别人不会再叫他小矮个儿了。亨利心生一计。

"鲁普老师，瞧我全身都绿了。怕是演不了小歌剧了，对吧？"亨利满怀希望地问道。

鲁普老师叹了口气说："不行了，亨利。我想你演不了了。"她看着亨利，然后笑着说："我会把你的角色给别人，然后你去演绿精灵！好了，快回家去吧！"

绿精灵！这个角色不错啊。一直翻跟头就行，什么台词都没有。

亨利穿上雨衣，戴上帽子，来到了外面。雪下得可真厚啊，踩在上面嘎吱嘎吱响。他抓起一把雪扔向小排骨。小排骨一直在杉树下等着亨利呢。快下吧，别停。等到过节那天，三十三街的小山坡上就会积起厚厚的雪。到那时就可以拿着爸爸妈妈送给他的惊喜——"灵鸟牌"雪橇去滑雪了。还可以在家门前的草坪上堆个雪人，也许能堆个雪人全家福，甚至还可以堆出一只小狗呢。

"小排骨,我的老伙计,没有你我可怎么过啊。"他掏出一块手绢,把小排骨尾巴上的绿油漆给擦了擦。

亨利踩着雪地里的一组大脚印往前走。他故意迈开大步,小心地把脚放到别人的脚印里。"太好了!"他高兴地喊道,"一个下雪的节日。妈妈要是知道我是绿精灵,一定会吃惊的。"

第五章
淡粉色的狗

春天里一个周一的早上,亨利醒过来想的第一件事就是,离周六还有五天。周二早上醒来想的第一件事就是,离周六还有四天。周三早上醒来,他觉得周六似乎永远不会来了。

这一天,亨利带着小排骨来到幸运狗宠物店买马肉。他们每周都会来。

"瞧,这不是亨利和小排骨嘛!"潘尼卡夫先生大声说道,"你领到赛狗会的报名表了吗?"

"什么赛狗会?"亨利问道。

"你没听说吗?公园管理处下周六在公园里组织赛狗会。十六岁以下的男孩女孩都可以带狗狗参加。汪汪狗粮公司会提供奖品。快拿一张报名表,填好就去报名参加吧。小排骨那么棒,肯定能得奖。"

小排骨摇了摇尾巴。

"哦,"亨利有些犹豫,"它是很不错啦,可它不是什么名贵品种。我的意思是,它不是可卡犬,也不是斗牛犬,它就是一只很普通的狗。"

"赛狗会可不管这些。把这张表拿去填一填。看到了吗?小排骨这样的混种狗可以填到这里。"

"哇,太谢谢您了,"亨利说,"我想我会报名的。"

亨利拿着报名表和一公斤马肉,和小排骨一溜烟向家跑去。

跑到克利基塔特街,亨利看到斯库特和罗伯特在玩掷球游戏。玛丽·简和比苏斯还有她妹妹雷梦

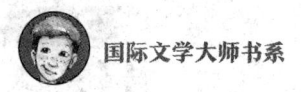

拉站在木绣球花树下面,她们拼命地把花瓣从树上摇下来,假装在下雪呢。

"嘿,快看!"亨利冲他们喊,还不停地晃着手里的报名表。

几个孩子围过来,想看看到底是什么东西。"我要带小排骨去参加赛狗会,"亨利说,"潘尼卡夫先生告诉我,它会得奖的。"

"哼,才不会呢。小排骨就是只土狗,又老又笨。"斯库特很不屑地说。

"它才不笨呢!它可聪明了。再说了,报名表上写着呢,不是名贵品种也能参加。瞧,上面说它也可以。"

"哇,瞧这奖品清单!"罗伯特说,"汪汪狗粮、老鼠吱吱车、餐盘、狗绳、电影票、毛线帽,还有银奖杯。东西可真多啊。"

"如果有银奖杯的话,我就给塔拉布鲁克的帕特里夏公主报名。它可比小排骨高级多了。"玛丽·简说。

"什么公主?"斯库特一脸疑惑。

"塔拉布鲁克的帕特里夏公主,帕奇真正的名字。它的血统高贵着呢,肯定能把银奖杯给赢回来。"帕奇是玛丽·简的美国可卡犬。

"听我说,"罗伯特若有所思地说道,"我要给萨西报名。它有点儿老了,可还是很活泼的呢,也许能赢张电影票什么的。"

比苏斯和雷梦拉没有狗。她们养了一只猫、三只白鼠、一只乌龟,还有一条孔雀鱼。比苏斯说她要借一只叫"小泥人"的狗去参加赛狗会。她知道到哪儿去借。

"看来,我也要给拉格斯报名,"斯库特说,"它是这个街区里最聪明的狗。它还会坐起来跟人握手呢。它是艾尔谷犬,不像你在路边捡的这只狗,又老又笨。我的拉格斯可是只纯种狗。"

"小排骨可不老,它也不笨!它也会坐起来,比你的拉格斯优秀多了。小排骨会打败你的狗,把银奖杯给赢回来,我敢打赌!"

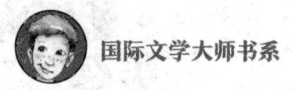

"别搞笑了!"斯库特嘲笑道,"要是它那么厉害,它之前的主人就不会把它给扔了。"

星期六终于来了。亨利睁开眼,就一骨碌从床上爬起来。赛狗会十点开始,他有很多准备工作要做。早餐的时候,亨利在狼吞虎咽地吃着麦片,他突然停下来问妈妈:"妈妈,让我用一下浴缸吧。我要给小排骨洗个澡。"

"妈妈,请问我能用一下浴缸吗?我想给小排骨洗个澡。"

"妈妈,我能用一下浴缸吗?我想给小排骨洗个澡。"

"你可以用地下室的洗衣盆给它洗澡啊,就像平时一样。"妈妈说道。

"但是,妈妈,这次比较特殊。小排骨要参加赛狗大会,我想给它好好打扮打扮。如果把它弄得干干净净、漂漂亮亮的,它就能赢得银奖杯了。我敢肯定。"

哈金斯太太叹了口气说:"好吧,亨利。你可

以用浴缸给它洗澡。不过你得答应我,洗完以后要把浴缸清理干净。"

"多谢了,妈妈。我会把浴缸清理干净的。不好意思,我得先走了。您慢慢吃。"

"亨利,等等。你好像没吃多少啊。我也希望小排骨能赢得银奖杯,但如果我是你的话,我就不会抱太高的期望,它毕竟只是一只土狗。"

"妈妈,它不是土狗。它是混种狗。它比周围的狗都棒,我很清楚这一点。走吧,小排骨。"

小排骨跟着亨利走进浴室。亨利开始往浴缸里放水。小排骨看了看亨利,又看了看浴缸里的水,然后夹起尾巴想要悄悄地溜出去。

"不行,你给我回来!"亨利拽着项圈把小排骨拉了回来。他双手搂住小排骨的身子,把它抱进浴缸。比起一年前亨利抱它上公共汽车的时候,现在的小排骨可重多了。

今天的日子特殊,所以亨利没有用灭蚤肥皂。他用了妈妈的香波。小排骨不太高兴,一直在哼

哼。亨利给小排骨涂上香波,搓出厚厚的泡泡。他擦擦这里,搓搓那里。泡泡越来越多,越来越白。最后除了脸以外,小排骨整个身子都被厚厚的泡沫裹住了。

"现在可漂亮多了。"亨利说道。他从浴缸里用手把水捧起来,浇在小排骨身上,想把泡泡冲洗干净。可泡泡越来越多,越来越厚。香波弄得太多了!他又试着用毛巾把泡泡给擦掉。泡泡是少了点儿,但是太慢了。亨利想了个办法。他把小排骨转了个方向,让它背对着花洒,然后拿起花洒直接冲洗。小排骨吓了一跳,想从浴缸里跳出去,但是亨利把它给按住了。小排骨仰头嚎叫起来。

"亨利!"妈妈喊道,"你把它怎么了?为什么它叫得那么可怜?"

"没怎么呀,在给它洗澡呢。"亨利边回答着边把花洒关了。小排骨抖了抖身上的水。亨利用了四块浴巾,还是没把它身上的水擦干。

没关系,天气热,也许晒晒太阳就干了,亨利心想。他拿了块浴巾,随便擦了擦地上和浴缸里的水。

"亨利,我今天早上要进趟城。祝你和小排骨在赛狗会上有好运气。"哈金斯太太戴上帽子,准备出门。

"多谢了,妈妈。对了,妈妈,你看到狗绳了吗?报名表上说所有的狗都要拴狗绳。"

"你是不是落在地下室里了？"哈金斯太太说完就出门了。

亨利忙跑到地下室，他在楼梯下面找到了狗绳。说是狗绳，也不太对，现在已经被小排骨咬成了好几截儿。没办法，匆忙之间只能找其他东西来代替。时间来不及了！只能找到妈妈在下雨天用的晾衣绳。亨利爬到一个装苹果的箱子上把绳子解下来，然后跑回楼上把绳子一头拴到小排骨的项圈上。晾衣绳比狗绳长得多，也只能将就了。

亨利出门来到前门廊，看到比苏斯和雷梦拉正朝他走过来。比苏斯抱着一只黑色的小狗，狗狗在她怀里扭来扭去，一直要舔她的脸。"小泥人，快停下来，别舔我了！"比苏斯说着就把狗放在了人行道上。小泥人的项圈上戴了一个红色的领结。亨利看了以后很得意，心想小排骨至少还拴了一根晾衣绳，小泥人什么都没拴。

"喂，亨利，我们得快点儿，来不及了。"比苏斯说道。

　　小排骨闻闻小狗,没兴趣,扭头便走。"嘿,快看,"亨利叫道,"玛丽·简带着帕奇,罗伯特带着萨西在前面呢,我们快追上去吧。"

　　来到公园,亨利看到上百个男孩女孩带着他们的狗早早就到了。亨利从没见过那么多狗,有拳师犬、大丹犬、京巴狗、艾尔谷犬、可卡犬、圣伯纳德犬、博美犬、比格犬、塞特猎犬、波音达猎犬,还有一些不知名的普通狗。有些狗的项圈上戴着蝴蝶结,就和小泥人一样;有些狗的身上穿着卫衣;还有一些头上戴着纸做的帽子。

　　一辆广播车上的大喇叭突然响了起来。"请把报名表交到网球场边的登记处。"

　　"咱们走,小排骨。"穿过人群和狗群,亨利带着小排骨来到登记处,要在这儿排队给小排骨称体重。体重秤超大。一开始,小排骨不愿意。最后,亨利和一个男孩硬给它推上秤,并把它按在那儿,直到称出它的重量:12.7千克。

　　"这一年你长了不少啊,"亨利说,"也许不

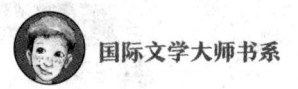

应该再叫你小排骨了。"

称完体重,一位女士给亨利发了一个黄色的纸袖章,上面印着"汪汪狗粮——让狗狗开心到汪汪叫的狗粮"。下面有一排空格,用来填写狗的品种、体重级别,以及展示台的位置等信息。那位女士在空格里填上:"混种狗——11至18千克级——展台3"。

亨利领着小排骨朝印着"展台3"的标识牌走去。标识牌在一个花坛边,还没走到位置呢,小排骨突然定住,开始摇头晃脑起来。亨利还没反应过来呢,它就如离弦的箭一般冲进花坛,在泥土里打起了滚。

"嘿,快给我停下!"亨利喊道,"你弄得浑身都是泥了。"

太晚了。等亨利把小排骨从花坛里拽出来的时候,它满身都是泥印子,一道一道的。亨利起初想用手把泥给弄掉,然后又试着用手帕拼命地擦,可非但没擦干净,反而弄成了一片一片的泥污。亨

利顿时觉得灰心丧气。为什么要在别人面前夸下海口？说小排骨如何如何棒。现在好了，想拿奖？简直就是白日做梦。

亨利来到"展台3"前才看清楚，四根木桩被钉在地里，一根绳子绑在木桩上，围成一个圈。圆圈的中央放着一张桌子，上面堆满了亨利先前在奖品清单上看到的东西，银奖杯放在一个底座上。亨利盯着看了好一会儿。可真漂亮啊！想靠这只"泥巴狗"赢得奖杯？门儿都没有。他还注意到，一些男孩女孩把给狗刷毛的刷子都带来了，正用刷子给他们的狗"梳妆打扮"呢。他压根没想到要带刷子，这下可抓瞎了。

天气挺暖和。亨利和其他人一样，坐在草地上等待着赛狗会的评判环节开始。亨利还在不停地擦着小排骨身上的泥，想弄得再干净一些。隔壁展台有一只雪白雪白的狗，有人说那叫西伯利亚雪橇犬。狗主人在给它梳理毛发，还给它身上撒白色的粉，可能是想让狗看起来更白一些。

有主意了！要是有时间的话，就跑回家里一趟，去拿一罐滑石粉。用滑石粉撒在小排骨身上，就能把白色毛发上的泥污给盖住了！黄色、黑色和棕色的地方无所谓，反正也显不出来。

这时，大喇叭响了："各位注意了，我们要把评判环节往后推一推。我们要好好款待一下孩子们。这儿有头训练有素的骡子，名字叫莫德。它将带来精彩的节目，请大家欣赏。"

为了一睹莫德的风采，大家一窝蜂地涌到广播车周围。亨利当然没去。什么训练有素的骡子，他

可没兴趣,他只想让小排骨赢回那座奖杯。必须当机立断,趁莫德表演的时候,跑回家一趟再回来,应该没问题。

"小排骨,咱们走!"他叫道,"撒丫子跑起来!"

小排骨紧随其后。他们俩以最快的速度跑出公园,翻过小山坡,最后跑回克利基塔特街的家。亨利冲进自己的房间,拿上梳子,又冲进卫生间,抓起装着滑石粉的罐子。随后他又马不停蹄,和小排骨一块儿回到公园。孩子们还围在那儿看莫德表

演呢。

亨利热得不行，汗流浃背，全身黏糊糊的。他一屁股坐在草地上，开始大口喘气。小排骨也上气不接下气，嘴张得老大，舌头伸出老长。亨利用梳子给小排骨梳了梳身上的毛发，梳过之后还真是不一样了，比起之前是干净了一些。然后他又撒了些滑石粉到小排骨身上，只照着背上大块儿的白色斑点撒。

不撒不要紧，这一撒可把亨利吓得不轻。他简直不敢相信自己的眼睛，滑石粉居然不是白色的，是粉红色的！谁见过背上有粉色斑点的狗啊！他立即拿起刷子，想把滑石粉给刷掉。可小排骨身上还是湿的，根本刷不掉。

算了，干脆把所有白色的地方都弄成粉色得了，还搭配些。阳光这么强，也许裁判看不出来呢。他在小排骨的白耳朵还有左后腿的爪子上都撒了滑石粉，甚至连白色的尾巴也没放过。没错，现在所有浅色的地方都统一起来了，看上去是要协调

一些。也许裁判会戴墨镜,谁知道呢。

莫德的表演结束了。大家牵着狗狗回到自己的展台。"嘿,快瞧那只粉红色的狗!"一个男孩惊呼道。

"还有粉红色的狗狗呢,我从来没听说过呀,"一个女孩说,"它是什么品种啊?"

"它是一只混种狗。"亨利说。

亨利把滑石粉罐子装进自己的口袋。他决定不提这件事,就当没发生过,也许大家还以为小排骨是什么稀有品种呢。

一个男的走到展台中央。亨利注意到他并没有戴墨镜。"大家注意了,"他喊道,"请大家把自己的狗牵进展台,让它们排成一排。"

"走吧,小排骨,比赛要开始了,你要听话哟。"亨利拉着晾衣绳把小排骨牵进展台。

为了展示,孩子们各自牵着狗开始绕圈。小排骨的晾衣绳太长了,和其他狗的狗绳缠到一起。最后,裁判喊停。"现在,让你们的狗狗准备好。"

国际文学大师书系

他命令道。

亨利不知道裁判要让他干什么,所以要看看别人怎么做。一些孩子跪在狗狗旁边,让狗狗站直,并且目视前方。

裁判是这个意思啊,明白了,一定是这样的。亨利跪到小排骨身边,可小排骨却坐了下来,张开嘴巴,伸出粉红色的长舌头,它实在是太渴了。

"快啊,小排骨,站起来啊,"亨利用哀求的口气说,"乖狗狗,快站起来。"小排骨开始喘粗气。亨利失去耐心了:"快点儿,给我站起来!"

小排骨干脆躺到草地上,而且喘得更凶了。任凭亨利怎么拉,怎么拽,小排骨就是不站起来。亨利扭头偷偷看了看裁判,裁判正在仔细查看一只狗狗的耳朵和牙齿。那只狗狗按照裁判的要求,站得笔直。然后裁判伸手开始摸狗狗的全身,它纹丝不动,乖得不得了。

"快点儿站起来啊,小排骨!"亨利哀求道,"马上就到你了。"小排骨闭上了眼睛。"我知道

你渴,一有机会我就去给你找水。"

大喇叭又响了:"请小志愿者们把水盘拿到各展台。"

看到一个小志愿者拿着水盘过来了,亨利一直悬着的心慢慢放了下来。水盘终于送到了小排骨的展台,小排骨提起鼻子闻了闻,头扭到了一边。它居然不喝!

"我想它只会用自己的餐盘喝水,"亨利解释道,"它不想和其他狗用一样的餐盘。"

"恕我无能为力了,"小志愿者说,"我只有这种盘子。"

小排骨继续大口喘气。

裁判终于来到亨利和小排骨所在的展台。"哦哟,一只粉色的狗。"他用略带吃惊的口气说道。

"是的,先生,"亨利说。还好他的头发长长了,之前沾上绿油漆的那些头发被剪掉了。不然你想想,一个绿头发的男孩和一只淡粉色的狗,甭提多可笑了。

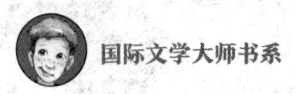
国际文学大师书系

"来吧,小伙子,快让它站起来。"

亨利把小排骨拽了起来。小排骨本想再坐下去,可亨利抓着尾巴往上一提,它的后腿也跟着支棱了起来。裁判看看它的耳朵,又看看它的牙齿,然后用手在小排骨身上摸了一遍。摸完以后他看了看自己粉色的手。"嗯……"裁判哼了一声。

把所有的狗都看了一遍,裁判命令孩子们牵着狗狗从展台一头走到另一头,又走回起点。亨利注意到其他展台的男孩女孩们轻车熟路,他们都用左手拿狗绳。轮到小排骨展示了,亨利把晾衣绳放到左手,然后牵着小排骨向前走。还没走到一半,小排骨就不走了。它坐下开始挠它的左耳。亨利拉着绳子把它拽了起来。好不容易走到展台另一头,开始掉头往回走的时候,小排骨转错了方向,走到了亨利的前面。

亨利的脚和腿都被绳子给缠住了,逼得他把绳子换到右手。可这时,小排骨又调头跑到亨利身后,冲着一只西班牙猎犬狂吼。那只狗的主人见状

赶紧把自己的狗拉开，朝展台另一头走去。小排骨又跑到亨利身前。为了靠近另一只狗，它又开始拉扯亨利手里的晾衣绳。小排骨扯得越凶，缠在亨利腿上的绳子就勒得越紧。看到这一幕，周围的孩子都笑了起来。小排骨太兴奋了，它转圈跑到亨利身后，开始拼命扯绳子。绳子越缠越紧，周围的笑声也越来越大。

"快停下！"亨利一边命令小排骨，一边扭头看自己的狗。亨利觉得站在那儿被一根晾衣绳捆得动弹不得，一定蠢极了。

"小伙子，快管管你的狗，"裁判说道，"可不能浪费时间啊。还有其他孩子等着展示他们的狗呢。"

现在真可谓雪上加霜。小排骨惹的麻烦够大了，还把裁判给惹毛了。亨利知道，裁判要是不高兴，银奖杯就彻底没戏了。心灰意冷的亨利觉得自己更蠢了。他像个陀螺一样转了好几圈，好不容易才把缠在身上的绳子给解开。这个环节总算是结

束了,亨利终于松了口气,把小排骨拖到了展台一边。再过几分钟就可以带他的狗回家了。不是想喝水嘛,回家就让小排骨敞开喝。

所有狗狗都展示完毕,裁判绕着展台走了一圈,抬起手,点了几个孩子,说道:"好,注意听我说,你,你,还有你可以留下来。"他又看看亨利和他的狗,若有所思地说,"嗯,好吧,你也留下吧。"

被淘汰的参赛选手顺序离开展台,志愿者们给每个人都发了奖品。最先离开展台的选手拿到的奖最小。留在展台上的时间越长,得的奖就越大。

"嘿,亨利,你还没被淘汰啊?"亨利抬头一看,是罗伯特牵着萨西。他们被淘汰了,所以只能站在圈外跟亨利说话。

"是啊,"亨利回答道,"我也不知道为什么。小排骨的表现太糟糕了,什么都不会。萨西拿什么奖了?"

"就拿到一只狗哨。"罗伯特又看了一眼小排

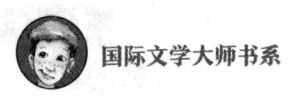 国际文学大师书系

骨，问道，"我说亨利，小排骨是怎么了？这身上怎么成粉色的了？"

"哎，说来话长，你就别多问了。"亨利说道。他假装很专心，仔细注视着裁判的一举一动。参赛选手一个接一个地离开了展台。

"看我赢了什么！"亨利看见比苏斯手里挥舞着一个老鼠吱吱车，那样子别提多高兴了。"听，它还会吱吱叫呢！"比苏斯说着便捏了一下，吱吱！然后她停下来，盯着小排骨看了一会儿，尖叫道："小排骨变成粉色的了！"

"闭嘴！"亨利紧紧盯着裁判。有谁能告诉他为什么裁判还不淘汰小排骨呢。每次裁判从亨利那儿经过，都会盯着小排骨说："嗯，你留下。"

玛丽·简也被淘汰了。她看到亨利便说："瞧，我给帕奇赢了一个枕头。晚上它就可以枕在上面睡觉了。"说完她就看到了小排骨，"这是怎么了？亨利·哈金斯！你对它做了什么？真是太可怜了。它全身都变成粉色的了。你妈妈要是知道

了，看她怎么收拾你。""你小点儿声！"亨利厉声说道。留在展台上的选手越来越少了。

最后，斯库特也来了。他经过亨利身边时，对他说："你和你的小破狗还在呢？怎么还没被淘汰啊？我看那裁判是瞎了眼了。我觉得我的拉格斯是最棒的。在它那个级别里，它是最好的。我现在要领它到下一个展台，去竞争赛狗大会的第一名。"他说着便举起手里的小号银奖杯展示起来。和其他小伙伴的反应一样，斯库特看着小排骨，大声说道："我今天算是开了眼了！一只粉色的狗！"斯库特大笑起来。他坐到草地上，笑得前仰后合，笑得打起了滚。

亨利没觉得小排骨有那么可笑。到这会儿，亨利只是觉得热，还直恶心。他只想离开展台回家去，用小排骨的专属餐盘弄点儿水，让它痛痛快快地喝一顿。

"嗯。"裁判还是一样的口吻。到最后只剩下亨利和另外一个男孩。亨利记得那个男孩的狗特别

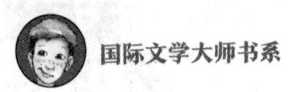

听话，让做什么就做什么，而且做得都对。

裁判手拿银奖杯走到展台中央，把奖杯颁给了那个男孩，对此亨利并不感到意外。让他意外的是，裁判为什么还不让他离开，这让他百思不得其解。他觉得自己和小排骨犯了很多错误，可裁判却对他和获胜者说："请到主展台，我们几个裁判还要再商量一下。"

真是丈二和尚摸不着头脑，亨利也只好按裁判所说，进入主展台。比苏斯、雷梦拉、斯库特、玛丽·简还有罗伯特，以及他们的狗，都跟着亨利来到主展台。也许，尽管小排骨表现糟糕，可亨利还是能得奖。

主展台里站的都是各个分展台的获胜者。亨利看到桌子上放着两座超大的银奖杯，还看到小排骨所在展台的裁判在和其他裁判低声耳语着什么。他们都在看小排骨。小排骨累得不行，喘得更厉害了。裁判让所有获胜者再次展示他们的狗狗。

这一次展示亨利格外小心，没让晾衣绳缠住自

己的腿。他把晾衣绳在手里绕了好几圈，只在他的手和小排骨的项圈之间留了大概三十厘米的长度。在第二次展示中，小排骨依旧表现糟糕，和第一次没什么两样，亨利本应牵着它穿过展台，可它走到一半就停下来冲着一只拳师犬狂吠。那只拳师犬丝毫不让，也冲着它狂吼。

亨利听到斯库特说："那只小破狗要再这么狂躁，迟早要被其他狗给撕碎。"

小排骨越叫越凶。拳师犬也咆哮不止，冲着小排骨就过来了。拳师犬的主人是个小女孩，她紧紧抓住狗绳不放。可她的狗力气太大，小女孩被拖着直往前冲。

亨利想把他的狗给拽走，可小排骨才不管这一套呢。其他狗也都发了狂，围在一起虎视眈眈，它们的主人则被拉着到处跑。亨利狠劲拽着小排骨的项圈，勒得它直吐舌头。拳师犬嗷的一声就向小排骨扑过来，抬起它强劲有力的爪子把挡在路上的一条小型犬给推得老远。亨利的手被晾衣绳缠得死死

国际文学大师书系

的,根本没法松开。最后他被小排骨拽倒,脸朝下拍到草地上,摔了个狗啃泥。

"快看呀!亨利和狗打起来啦!"比苏斯兴奋地喊道。

拳师犬的小主人被吓哭了。

亨利摔得晕头转向,搞不清楚发生了什么。他闻到了草地的潮湿气味,感觉草叶在他鼻子上蹭来蹭去,蹭得他直痒痒。他能听到狗的咆哮声、低吼声,还有短促的叫声;他也能听到小孩子大喊大叫的声音。拳师犬踩在了亨利后背上,只听见小排骨对着它汪汪直叫。亨利把脸从草地上抬起来,刚好看到一个小志愿者为了制止这场"群殴",抄起一个装水的盘子砸向狗群。盘子没砸中狗,却正好砸中了亨利。

两个裁判冲进展台,伸手薅住狗狗们的后腿,硬把"杀红眼"的"猛兽"们给拉开了。

"好了,小伙子,快把你的狗给拉走!"一个裁判命令道,另一个裁判则去帮助那个小姑娘控制

她的拳师犬。

浑身湿透且尴尬难当的亨利终于从草地上爬了起来。他顾不上分清东西南北，赶着小排骨穿过展台，又走回来。

最后，展台上只剩下亨利和另外一个男孩。裁判走到展台中央宣布："本次赛狗会最佳狗狗的大奖属于这位小伙子和他的塞特猎犬。"裁判把大大的银奖杯交到男孩手中，大家鼓掌祝贺。小排骨冲着获胜者发出了低吼声。

"现在，"裁判说，"本次赛狗会最独特狗狗的奖杯属于这位小伙子和他的……嗯……嗯……混种狗！"裁判把另一个大大的银奖杯交到了亨利手中。

"天哪，太谢谢了！"亨利高兴得不知道该说什么。观众开始为亨利鼓掌，他还听到比苏斯的喊声："太棒了，亨利！"亨利看看小排骨，看得出来它也很高兴。

大家都围过来想看看奖杯，他们可稀罕了。直

到一家报社的摄影记者让他们往后站,好给亨利和他的狗拍照,最后还记下了他的名字和地址。亨利的照片要上报纸了!

"恭喜你啊,"斯库特说,"不过我还是觉得它是只小蠢狗。"

"哈,随你怎么说吧。我的小排骨最终赢了大奖杯,比拉格斯的大,"亨利自豪地说,"不过嘛,我觉得拉格斯也挺不错的。小排骨,老伙计,咱们现在走吧,我去给你弄点儿水喝。"

亨利领着小排骨来到最近的自动饮水器旁。他把银奖杯灌满水,放到了地上,小排骨开始用舌头贪婪地喝起水来。亨利拍拍它说:"乖狗狗,老伙计,我就知道,你只愿意用自己的餐具喝水呢。"

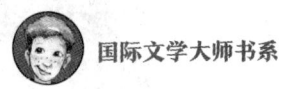

第六章
谁捡到的归谁

赛狗大会结束后的那个星期六,刚吃完午饭的亨利正在他的房间给猫鱼喂食。他用两个手指捻起一小撮鱼食扔到水里,看着它们漂呀漂,最后沉到了水族箱的箱底。猫鱼为了找它的食物,开始在箱底挖呀挖,干得可起劲儿了。

"亨——利——"是罗伯特在前院叫他呢。

亨利盖上水族箱的盖子,出门来到前门廊:"嗨。有事吗?"

"咱们出去练练翻跟斗吧，就像体育馆里的那些家伙一样。"

"好。"亨利跑下台阶。小排骨正啃骨头呢，它很不情愿地放下骨头，抬起头对着主人哼哼起来。这哼哼并不是生气，意思是："别烦我，没见我正忙着吗？"

两个男孩练了会儿倒立，又在草地上翻起了跟斗。练了一会儿，罗伯特："来，咱们试试那个杂技动作。就是一个人躺在地上，双脚离地抬起来，另外一个人躺在第一个人的脚上，第一个人用力蹬，让第二个人转起来。"他说完就躺到草地上，双脚抬了起来。"快来，咱们试试！"罗伯特说。

亨利坐到罗伯特脚上，双手双脚张开躺了下去。罗伯特用力一蹬，想让亨利转起来。亨利晃晃悠悠，摇摇欲坠。

"嘿，你别踢我呀！"亨利说着就掉了下来，压在了罗伯特身上。

"哎哟！"罗伯特坐起来，"你太重了。我们

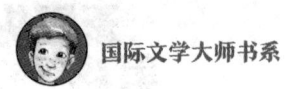

玩点别的吧。"

"我知道了。我们去比苏斯家，在她家的板栗树上玩引体向上。"

他俩来到比苏斯家，发现女孩儿们都在她家门前的人行道上呢。她们忙着把一根长跳绳的一头绑在板栗树上，然后把绳子拉过人行道，另一头绑在人行道边的丁香树上。雷梦拉身上穿着连体衣，头发上裹着卷发棒，正在用指甲不停地抠树皮。

"嗨！"亨利打了个招呼。

"哈喽！"比苏斯停下来回了一句。

"喵喵！喵喵！"雷梦拉说。

"她'喵喵'是什么意思？"亨利问。

"哦，别管她，"比苏斯回答说，"她学猫叫就是这样。她在假装自己是只猫。"

"喵喵，"雷梦拉又叫了一声，还伸手拍拍头发上的卷发棒，"我是一只卷毛猫。"

亨利和罗伯特互相看了看，一脸嫌弃的样子。他俩一言不发，静静地看着女孩儿们忙来忙去。过

了一会儿，他俩坐在草地上，开始静待时机。

"我希望你们俩赶紧走，"玛丽·简终于忍不住了，"别在这儿碍眼，我们忙着呢。"

"不用管我们，"亨利说，"我们有的是时间。"

比苏斯绑好跳绳，打好结，转头对亨利说："亨利·哈金斯！我觉得你很讨厌，为什么你们不去你家院子里玩？"

"就想看看你们在干什么。"亨利回答说，嘴里还嚼着根草。

"啊哈！我知道了。我敢打赌你们是想表演走钢丝吧！"罗伯特用嘲弄的语气说道，"为什么不把绳子绑高一些？现在离地也就六十厘米，太矮了。"

"你是不是傻！"比苏斯说，"我们会踩着绳子走过去，只要不掉下来，下一次就会把绳子升高三十厘米。我敢打赌，即便是马戏团的演员，在刚开始练习的时候，也不会把绳子绑到帐篷顶上。再

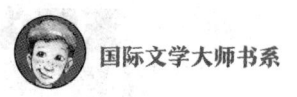

说了，他们还会在绳子下面弄安全网呢。"

"哈，即便是六十厘米，你们也走不过去，"亨利嘲笑道，"我把话放在这儿，就算降到三十厘米，你们也走不过去。"

"你给我闭嘴，亨利·哈金斯！"玛丽·简没好气地说，"管好你们自己的事就得了，少插嘴。咱们继续，比苏斯。我们都别理他们。他们觉得自己可厉害呢。"

比苏斯打开妈妈的雨伞，用右手举起来，然后跨步踩上绳子。玛丽·简在一旁抓住她的左手，帮她保持平衡。丁香树被压低了头，绳子也被压弯了。比苏斯站在横跨人行道的绳子上。

罗伯特和亨利扑哧一下笑出了声："脚下踩着绳子，手里还举着把伞，你看起来真是傻透了！"

"你闭嘴！"比苏斯厉声说道，"你们不是聪明嘛，来，你们走一个给我们看看。"

亨利笑得更凶了："就算绳子离地只有一万亿分之一厘米，她也走不过去！"

罗伯特笑得在草地上打起了滚:"就算只有十万亿分之一厘米,她也走不过去!"

比苏斯气得直摇手里的伞:"从我家的地盘上滚出去!"

"你不能赶我们走!"亨利叫道。

"如果你们不走,我这辈子都不理你们了!"比苏斯是真生气了。

"还有我。"玛丽·简怒目圆睁,瞪着亨利他们俩。

"我才不在乎呢!"

正在这时,斯库特骑着自行车沿着街道过来了。"快看!"他叫道,"我可以不用手扶!"

大家本来在吵架呢,此时都停下来看着斯库特。斯库特越骑越近。他的脚不停地蹬着脚踏板,身子却慢慢向后倒,他的头越来越靠近后车轮的挡泥板。这时,车身开始晃动,车把突然一偏,车子朝着马路牙子就冲过去了。斯库特想坐起来,但一切都晚了,他彻底失去了平衡。自行车冲上人行

道，斯库特从车上摔下来，趴在了草地上。自行车撞到板栗树，翻过来压到了他身上。

斯库特狠狠地把自行车从自己身上推开，一言不发地揉着自己的小腿，而罗伯特和亨利则笑得前仰后合。孩子们都清楚，这一摔肯定很疼，只是斯库特不愿承认罢了。

"你们就笑吧，至少我成功过一次。"斯库特边说，边仔细摸了摸自己的右胳膊肘，生怕给摔骨折了。

"哼，我敢打赌，你从来没有成功过。"亨利很开心。通常都是他当众出丑，斯库特看笑话，这次终于反过来了。

"我成功过！"

"你肯定没有成功过！"

"你们几个都给我闭嘴！"比苏斯叫道，"现在就从我家地盘上滚出去！"

"比苏斯，你别瞎掺和！"亨利用命令的口气说道。

"没错,你个傻姑娘,懂什么?"斯库特嘲笑道。

"对,傻姑娘,"罗伯特附和道,"再说了,这也不是你家的地盘。"

"我爸出钱租的,那就是我家的地盘。"比苏斯举起手里的伞佯装要打斯库特。

"揍他!"玛丽·简吼道,这一吼可不符合她一贯的淑女气质呀。

"你打一个试试!"

"喂,小孩儿!"

这是个陌生的声音。孩子们停止了吵闹,想看看是谁。在马路边,有一个陌生的男孩骑坐在自行车上。这是个人高马大的男孩,瞧那个子,至少也上七年级或者八年级了。他家应该不在克利基塔特街,他们以前谁都没见过这个男孩。

"我在这儿冲你们喊了五分钟了,"他一边笑一边说道,"你们当中谁是亨利·哈金斯?"

亨利吃了一惊,没敢答应。这男孩是谁呀?

他怎么知道亨利的名字呢?罗伯特用胳膊肘捅捅亨利,亨利这才反应过来,他还没答应呢。"嗯,在这儿呢,"他说道,"我就是。"

男孩把手伸进牛仔裤裤兜,抽出一张从报纸上剪下来的纸,就是亨利和小排骨在赛狗会上的照片。亨利纳闷儿了,这个陌生男孩怎么会随身带着自己的照片呀?这时,小排骨开始疯狂地叫,亨利看见它沿着街道向他们一路狂奔过来。

"迪齐!"男孩叫着从自行车上蹦下来,"快到这儿来,迪齐!"小排骨跳到男孩身上开始舔他的手。男孩笑个不停,不停拍着小排骨。等小排骨站稳了,他又开始挠它的左耳后面。

真是怪了,亨利心想,他怎么知道小排骨喜欢别人挠它的左耳后面?为什么他管小排骨叫迪齐?"它的名字不叫迪齐,"亨利对那个男孩说,"它叫小排骨,它是我的狗!"

小排骨看着那个男孩,又摇起了尾巴。

亨利顿时感觉不妙。他是一年多以前在杂货店

国际文学大师书系

里发现小排骨的。在那之前，小排骨的主人肯定是这个男孩。男孩肯定是在报纸上看到了照片，现在要把小排骨带走！

真后悔！要是小排骨没有在赛狗会上拿奖，它的照片没有被登在报纸上，这个男孩就永远不可能找到它。亨利不知道该如何是好了。自己都养了一年多了，现在放弃小排骨，他绝对做不到。

亨利慢慢靠近小排骨，把手放在它的项圈上。"它是我的狗！"他说，"它是我的狗，你不能把它带走。我发现它的时候，它瘦得皮包骨头，虚弱得都快走不动了。我给它买了项圈，办了狗牌，买了餐盘，现在每个星期还要给它买一千克马肉，还有汪汪狗粮。我给它洗澡、梳毛，我能为它做一切事情。"亨利哽咽了："你不能把它带走！"

"亨利把它照顾得可好了。"比苏斯无比诚恳地说道。

"是亨利发现小排骨的，它一定是从你那儿故意跑出来的！"罗伯特说。

"捡到当买到，金子银子换不到，谁捡到的归谁！"玛丽·简唱起了顺口溜。

"嗯，可在你之前我已经养了它很长时间了，"那个男孩说道，"我也喂它，给它刷毛。我开始养它的时候，它还是只小狗呢。它以前特别喜欢追着自己的尾巴转圈。它是因为伤心才逃走的，这是唯一的原因。去年夏天我去参加夏令营，我爸爸妈妈去了东部，不得已只好把迪齐留给我姑姑、姑父帮忙照顾。他们说它特别孤单，很想家，不吃东西，不出去玩，什么都不想做。之后有一天它就消失了，姑姑、姑父找不到它了。他们觉得也许它是回家找我去了，所以开车到我家去寻它，可它不在那儿。他们找遍了所有地方，甚至还在报纸上登了寻狗启事，能想的办法都想了。"

"你说了这么多，总而言之就是，它确实是自己逃走的，"罗伯特说，"你离开了它，它就逃走了。"

小排骨又开始舔男孩的手。

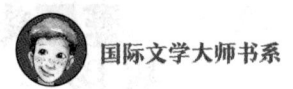

"瞧,它还记得我,想跟我回家呢。"

"可它也喜欢我啊。"亨利不满地说。

小排骨又看着亨利,摇了摇尾巴。

斯库特一直没说话,此时他突然说:"住在这里的人都喜欢小排骨,可以说它是这里最受欢迎的狗狗。它要是离开的话,大家都会想它的。"

亨利吃惊不小,盯着斯库特看了好半天。这是头一回听到斯库特说小排骨的好话呢。

"是的,我们都喜欢小排骨,"罗伯特附和道,"格伦伍德学校的所有小孩儿都喜欢它。它每天都会在杉树下面等着亨利放学,所有人都认识它。"

"说得没错。该我们女孩儿说说了,"比苏斯说,"亨利已经照顾小排骨一整年了,你现在要把它带走,我觉得不公平。"

"我发现它的时候,它连项圈和狗牌都没有。"亨利说道。

"我去夏令营的时候是有的,我不知道它是怎

么把项圈和狗牌弄丢的。我姑姑跟我说,小排骨消失的时候特别瘦,也许项圈从它脑袋上滑掉了,或者是有人把项圈给拿了下来。"那男孩把手伸进裤包,"我这儿有些钱,是我生日的时候大人给的,你可以拿去。"说着他把一张五元的纸币递到亨利跟前。

"五块钱!给我一百万我都不会把小排骨给卖了!"

"不是,我不是想让你把小排骨卖给我,"男孩急忙说道,"我是想用这点儿钱补偿你过去一年在它身上的花销。我知道这点儿钱远远不够,但是我只有这么多钱了。"

亨利为这个男孩感到难过。他明白为什么这个男孩一定要把小排骨要回去,它是多聪明的一只狗啊。但亨利无论如何也不能和小排骨分开。小排骨到来之前,亨利的生活是多么平淡无奇呀。再瞧瞧它来之后的这一年,发生了多少有意思的事情!

亨利跪下来,双手抱住小排骨的脖子:"你不

国际文学大师书系

想离开我,是不是,小排骨?你也不想离开克利基塔特街,对吗?"

小排骨舔了舔亨利的脸。

那个陌生男孩也跪了下来。他打了一个响指:"迪齐,你想跟我回家,对吗?"

小排骨看着他,摇摇尾巴叫道:"汪!"

"我想我们俩它都喜欢,"亨利叹了口气,"不过我不管,它离开了你,后来是我发现它的。"

"没错。就像我说的,谁捡到的归谁。"玛丽·简说。

"但是从它很小的时候我就养着它了。我爸爸妈妈,还有我妹妹都很想它呢。"

"可它很喜欢等我放学,也很喜欢跟我的小伙伴们玩。"亨利顿了顿,伸手开始抚摸小排骨,然后慢慢地说,"也许我们应该让小排骨自己决定。"

"没错,"斯库特说,"这主意很不错。别担心,亨利,小排骨会选你的。"

"这主意挺公平,"陌生男孩也同意,"咱们怎么让它选呢?"

"我知道,"斯库特说,"让小排骨别动。你们俩沿着人行道,朝相反方向走出去二十米以后站好。然后我说:'开始!'你们俩同时喊它的名字。小排骨走到谁那儿,它就归谁。"

"就这么办。"亨利同意斯库特的主意。亨利看起来很有信心,可心里紧张得不行,甚至还微微发抖呢。

"这听上去很公平。"陌生男孩也同意。

"对了,亨利,如果小排骨没有选你怎么办?"比苏斯担心地问道。

"别担心,"玛丽·简说,"小排骨也不想离开亨利。"

斯库特抓住小排骨的项圈,让它待在原地。亨利沿着人行道,朝自己家的方向走了二十米,然后站定。陌生男孩朝相反方向走出去二十米。亨利觉得口干舌燥,很害怕一会儿喊不出小排骨的名字。

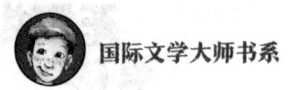

斯库特看着陌生男孩,用怀疑的口气问道:"那什么,你口袋里没有肉或者其他吃的东西吧?"

"没有,我敢发誓。"

"你呢,亨利?"斯库特想做个公平的裁判。

"我也没有。"亨利略带哽咽地说。

"好。这会是一场非常公平的竞争。"

"祝你好运,亨利!"比苏斯叫道。

"多谢。"亨利有气无力地说。

斯库特把小排骨的身子转向街道,让它既不面对亨利也不面对那个男孩。"好了,两位,准备好了吗?预备——开始!"斯库特松开了自己抓着小排骨项圈的手。

"到这儿来,小排骨!快过来,小排骨!快呀,小排骨!"亨利喊出来了,至少他的声音还挺争气。

"到这儿来,迪齐,迪齐,快呀,迪齐!"狗狗之前的主人拼命地打着响指。

狗狗看看亨利，又看看那个男孩，然后坐下来开始用左后腿挠它左耳的后面。

"小排骨！"亨利带着哭腔喊道，"到这儿来呀！到这儿来，小排骨，快来，小排骨！"

"来呀，迪齐！快来，迪齐！"那个男孩叫道。小排骨站起来，向那个男孩走了几步，摇了摇尾巴。一旁的孩子们一阵惊呼。

"小排骨！"亨利的心提到了嗓子眼儿，他开始拼命地喊。小排骨停住，转过身，摇了摇尾巴，叫了一声："汪！"

"乖狗狗，小排骨！"亨利叫道。

"继续走呀，小排骨！"比苏斯尖叫道。

"观众不能帮忙喊！"斯库特命令道。

小排骨又向着亨利前进了几步，然后又转头看看那个男孩。

"马肉，小排骨，你最喜欢吃马肉了！过来，小排骨！过来呀！"一听到马肉，小排骨便转头看着亨利。

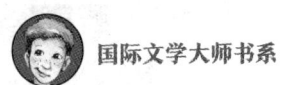国际文学大师书系

"这儿呢,迪齐!快到这儿来呀,迪齐!"这时陌生男孩突发奇想,开始叫道,"到这儿来,小排骨!快来呀,小排骨!"

"嘿,你这是作弊!"亨利很不满,"只有我才能叫它小排骨。"

"叫它什么都可以,没有规定。"

"他说得没错,亨利。"斯库特说。

"快看,小排骨转身了!"玛丽·简叫道。

其实小排骨只是因为尾巴上某个地方痒痒，要转过去咬一下而已。它咬到了尾巴上的虱子，又坐下来开始挠它的左耳，挠完了又站起来。两个男孩一直在叫它的名字。小排骨打了个哈欠，趴在人行道上，头枕到自己的爪子上，闭上了眼睛。

国际文学大师书系

孩子们又一阵叹息。"现在可不能睡觉啊,小排骨!"亨利用哀求的语气喊道。亨利很害怕,手心里直冒冷汗。

小排骨睁开眼,脑袋都懒得动,只见它眼珠来回转,先看看陌生男孩,又看看亨利。"快过来呀,小排骨!"两个人都在努力地争取小排骨。

小排骨慢慢站起身来,面对着亨利,又回头看看陌生男孩,随即迈开步子朝亨利的方向小跑了八米,然后停住,挠挠耳朵,接着走完了剩下的距离来到亨利身边,头枕到亨利脚上,再次闭上了眼睛。

小排骨选了亨利!

小伙伴们欢呼起来,可亨利却一句话都说不出来。他跪下来紧紧抱住了小排骨。

"我就知道小排骨会选你,亨利,"玛丽·简得意地说,"我从一开始就知道。"

"妈呀,我那会儿可是害怕极了。"比苏斯说。

陌生男孩看起来很失望，这让亨利觉得有点儿对不住他。"小排骨想和我待在一起，我真的很高兴，"亨利说，"但这就意味着你要失去它了，对此我很抱歉，它确实是一只很棒的狗狗。"

"我也不想失去它，这种感觉很不好受，不过我只能认了，这是一场很公平的竞争。"男孩一抬腿跨上自行车，"那，我能偶尔来看看它吗？"

"当然，你想什么时候来看它都可以。"

"多谢了，我过几天就来看它。"男孩说完就骑上自己的车，沿着街道离开了。

小伙伴们围住小排骨，摸摸这儿，拍拍那儿。"我真是太幸运了，"亨利说，"可我有一会儿特别害怕。"

"天哪，我都不敢想，这个街区要是没了小排骨会变成什么样，"比苏斯说，"不说这些了。既然小排骨留下来了，那咱们就一起找点儿乐子吧。"